第三本　張君瑞害相思雜劇

○楔子

（旦上云）自那夜聽琴後，聞說張生有病，我如今著紅娘去書院裏，看他說甚麽。（叫紅科）（紅上云）姐姐喚我，不知有甚事，須索走一遭。（旦云）這般身子不快呵，你怎麽不來看我？（紅云）你想張……（旦云）張甚麽？（紅云）我張著姐姐哩。（旦云）我有一件事央及你咱。（紅云）甚麽事？（旦云）你與我望張生走一遭，看他說甚麽，你來回我話者。（紅云）我不去，夫人知道不是耍。（旦云）好姐姐，我拜你兩拜，你便與我走一遭！（紅云）侍長請起，我去則便了。說道：『張生，你好生病重，則俺姐姐也不弱。』只因午夜調琴手，引起春閨愛月心。

【仙呂】【賞花時】俺姐姐針綫無心不待拈，脂粉香消懶去添。春恨壓眉尖，若得靈犀一點，敢醫可了病懨懨。（下）

（旦云）紅娘去了，看他回來說甚話，我自有主意。（下）

○第一折

（末上云）害殺小生也。自那夜聽琴後，再不能夠見俺那小姐。我著長老説將去，道：『張生好生病重！』却怎生不見人來看我？却思量上來，我睡些兒咱。（紅上云）奉小姐言語，著我看張生，須索走一遭。我想咱們一家，若非張生，怎存俺一家兒性命也？

【仙吕】【點絳唇】相國行祠，寄居蕭寺。因喪事，幼女孤兒，將欲從軍死。

【混江龍】謝張生伸志，一封書到便興師。顯得文章有用，足見天地無私。若不是剪草除根半萬賊，險些兒滅門絶户了俺一家兒。鶯鶯君瑞，許配雄雌；夫人失信，推托别詞；將婚姻打滅，以兄妹爲之。如今都廢却成親事，一個價糊突了胸中錦綉，一個價淚揾濕了臉上胭脂。

【油葫蘆】憔悴潘郎鬢有絲；杜韋娘不似舊時，帶圍寬清減了瘦腰肢。一個睡昏昏不待觀經史，一個意懸懸懶去拈針指；一個絲桐上調弄出離恨譜，一個花箋上删抹成斷腸詩；一個筆下寫幽情，一個弦上傳心事：兩下裏都一樣害相思。

【天下樂】方信道才子佳人信有之，紅娘看時，有些乖性兒，則怕有情人不遂心也似此。他害的有些抹媚，我遭著没三思，一納頭安排著憔悴死。

却早來到書院裏，我把唾津兒潤破窗紙，看他在書房裏做甚麽。

【村裏迓鼓】我將這紙窗兒潤破，悄聲兒窺視。多管是和衣兒睡起，羅衫上前襟褶袵。孤眠况味，凄凉情緒，無人伏侍。覷了他澀滯氣色，聽了他微弱聲息，看了他黄瘦臉兒。張生呵，你若不悶死，多應是害死。

【元和令】金釵敲門扇兒。

（末云）是誰？（紅唱）

我是個散相思的五瘟使。俺小姐想著風清月朗夜深時，使紅娘來探爾。

（末云）既然小娘子來，小姐必有言語。（紅唱）

俺小姐至今脂粉未曾施，念到有一千番張殿試。

（末云）小姐既有見憐之心，小生有一簡，敢煩小娘子達知肺腑咱。（紅云）只恐他翻了面皮。

【上馬嬌】他若是見了這詩，看了這詞，他敢顛倒費神思。

他拽扎起面皮來，查得誰的言語，你將來，

這妮子怎敢胡行事？他可敢嗤、嗤的扯做了紙條兒。

（末云）小生久後多以金帛拜酬小娘子。（紅唱）

【勝葫蘆】哎，你個饞窮酸倈没意兒，賣弄你有家私，莫不圖謀你東西來到此？先生的錢物，與紅娘做賞賜，是我愛你的金貲？

【幺篇】你看人似桃李春風墻外枝，賣俏倚門兒。我雖是個婆娘有氣志。則説道：『可憐見小子，隻身獨自！』恁的呵，顛倒有個尋思。

（末云）依著姐姐，可憐見小子隻身獨自！（紅云）兀的不是也，你寫來，咱與你將去。（末寫科）（紅云）寫得好呵，讀與我聽咱。（末讀云）『珙百拜，奉書芳卿可人妝次：自别顔範，鴻稀鱗絶，悲愴不勝。孰料夫人以恩成怨，變易前姻，豈得不爲失信乎？使小生目視東墻，恨不得腋翅于汝臺左右；患成思渴，垂命有日。因紅娘至，聊奉數字，以表寸心。萬一有見憐之意，書以擲下，庶幾尚可保養。造次不謹，伏乞情恕！後成五言詩一首，就書録呈：「相思恨轉添，謾把瑶琴弄。樂事又逢春，芳心爾亦動。此情不可違，芳譽何須奉？莫負月華明，且憐花影重。」』（紅唱）

【後庭花】我則道拂花箋打稿兒，元來他染霜毫不構思。先寫下幾句寒温序，後題著五言八句詩。不移時，把花箋錦字，疊做個同心方勝兒。忒聰明，忒敬思，忒風流，忒浪子。雖然是假意兒，小可的難到此。

【青歌兒】顛倒寫鴛鴦兩字，方信道『在心爲志』。

（末云）姐姐將去，是必在意者！（紅唱）

看喜怒其間覷個意兒。放心波學士！我願爲之，并不推辭，自有言詞。

則説道：『昨夜彈琴的那人兒，教傳示。』

這簡帖兒我與你將去，先生當以功名爲念，休墮了志氣者！

【寄生草】你將那偷香手，准備著折桂枝。休教那淫詞兒污了龍蛇字，藕絲兒縛定鵾鵬翅，黄鶯兒奪了鴻鵠志；休爲這翠幃錦帳一佳人，誤了你玉堂金馬三學士。

（末云）姐姐在意者！（紅云）放心，放心！

【煞尾】沈約病多般，宋玉愁無二，清減了相思樣子。則你那眉眼傳情未了時，中心日夜藏之。怎敢因而，『有美玉于斯』，我須教有發落歸著這張紙。憑著我舌尖兒上説詞，更和這簡帖兒裏心事，管教那人兒來探你一遭兒。（下）

（末云）小娘子將簡帖兒去了，不是小生説口，則是一道會親的符籙。他明日回話，必有個次第。且放下心，須索好音來也。且將宋玉風流策，寄與蒲東窈窕娘。（下）

○第二折

（旦上云）紅娘伏侍老夫人，不得空便，偌早晚敢待來也。起得早了些兒，困思上來，我再睡些兒咱。（睡科）（紅上云）奉小姐言語，去看張生，因伏侍老夫人，未曾回小姐話去。不聽得聲音，敢又睡哩，我入去看一遭。

【中吕】【粉蝶兒】風靜簾閑，透紗窗麝蘭香散，啓朱扉搖響雙環。絳臺高，金荷小，銀釭猶燦。比及將暖帳輕彈，先揭起這梅紅羅軟簾偷看。

【醉春風】則見他釵軃玉斜橫，髻偏雲亂挽。日高猶自不明眸，暢好是懶、懶。（旦做起身長嘆科）（紅唱）半晌抬身，幾回搔耳，一聲長嘆。

我待便將簡帖兒與他，恐俺小姐有許多假處哩。我則將這簡帖兒放在妝盒兒上，看他見了説甚麽。（旦做照鏡科，見帖看科）（紅唱）

【普天樂】晚妝殘，烏雲軃，輕勻了粉臉，亂挽起雲鬟。將簡帖兒拈，把妝盒兒按，開拆封皮孜孜看，顛來倒去不害心煩。

（旦怒叫）紅娘！（紅做意云）呀，決撒了也！

厭的早扢皺了黛眉。

（旦云）小賤人，不來怎麽！（紅唱）

忽的波低垂了粉頸，氲的呵改變了朱顔。

（旦云）小賤人，這東西那裏將來的？我是相國的小姐，誰敢將這簡帖來戲弄我，我幾曾慣看這等東西？告過夫人，打下你個小賤人下截來。

（紅云）小姐使將我去，他著我將來。我不識字，知他寫著甚麽？

【快活三】分明是你過犯，没來由把我摧殘；使別人顛倒惡心煩，你不『慣』，誰曾『慣』？

姐姐休鬧，比及你對夫人説呵，我將這簡帖兒，去夫人行出首去來。（旦做揪住科）我逗你耍來。（紅云）放手，看打下下截來。（旦云）張生近日如何？（紅云）我則不説。（旦云）好姐姐，你説與我聽咱！（紅唱）

【朝天子】張生近間、面顏，瘦得來實難看。不思量茶飯，怕待動彈；曉夜將佳期盼，廢寢忘餐。黃昏清旦，望東墻淹淚眼。

（旦云）請個好太醫看他證候咱。（紅云）他證候喫藥不濟。

病患、要安，則除是出幾點風流汗。

（旦云）紅娘，不看你面時，我將與老夫人看，看他有何面目見夫人？雖然我家虧他，只是兄妹之情，焉有外事。紅娘，早是你口穩哩；若別人知呵，甚麽模樣。（紅云）你哄著誰哩，你把這個餓鬼，弄得他七死八活，却要怎麽？

【四邊静】怕人家調犯，『早共晚夫人見些破綻，你我何安。』問甚麽他遭危難？攛斷得上竿，掇了梯兒看。

（旦云）將描筆兒過來，我寫將去回他，著他下次休是這般。（旦做寫科）（起身科云）紅娘，你將去説：『小姐看望先生，相待兄妹之禮如此，非有他意。再一遭兒是這般呵，必告夫人知道。』和你個小賤人都有説話。（旦擲書下）（紅唱）

【脱布衫】小孩兒家口没遮攔，一味的將言語摧殘。把似你使性子，休思量秀才，做多少好人家風範。（紅做拾書科）

【小梁州】他爲你夢裏成雙覺後單，廢寢忘餐。羅衣不奈五更寒，愁無限，寂寞淚闌干。

【幺篇】似這等辰勾空把佳期盼，我將這角門兒世不曾牢拴，則願你做夫妻無危難。我向這筵席頭上整扮，做一個縫了口的撮合山。

（紅云）我若不去來，道我違拗他，那生又等我回報，我須索走一遭。（下）（末上云）那書倩紅娘將去，未見回話。我這封書去，必定成事，這早晚敢待來也。（紅上）須索回張生話去。小姐，你性兒忒慣得嬌了；有前日的心，那得今日的心來？

【石榴花】當日個晚妝樓上杏花殘，猶自怯衣單，那一片聽琴心清露月明間。昨日個向晚，不怕春寒，幾乎險被先生饌，那其間豈不胡顏。爲一個不酸不醋風魔漢，隔墻兒險化做了望夫山。

【鬥鵪鶉】你用心兒撥雨撩雲，我好意兒傳書寄簡。不肯搜自己狂爲，則待要覓別人破綻。受艾焙權時忍這番，暢好是奸。

『張生是兄妹之禮，焉敢如此！』

對人前巧語花言；

沒人處便想張生，

背地裏愁眉淚眼。

（紅見末科）（末云）小娘子來了。擎天柱，大事如何了也？（紅云）不濟事了，先生休傻。（末云）小生簡帖兒，是一道會親的符籙，則是小娘子不用心，故意如此。（紅云）我不用心？有天理，你那簡帖兒好聽！

【上小樓】這的是先生命慳，須不是紅娘違慢。那簡帖兒到做了你的招狀，他的勾頭，我的公案。若不是覷面顏，斷顧盼，擔饒輕慢。

先生受罪，禮之當然。賤妾何辜？

爭些兒把你娘拖犯。

【幺篇】從今後相會少，見面難。月暗西廂，鳳去秦樓，雲斂巫山。你也赸，我也赸；請先生休訕，早尋個酒闌人散。

（紅云）只此再不必申訴足下肺腑，怕夫人尋，我回去也。（末云）小娘子此一遭去，再著誰與小生分剖；必索做一個道理，方可救小生一命。

（末跪下揪住紅科）（紅云）張先生是讀書人，豈不知此意，其事可知矣。

【滿庭芳】你休要呆裏撒奸；你待要恩情美滿，卻教我骨肉摧殘。老夫人手執著棍兒摩娑看，粗麻綫怎透得針關。直待我拄著拐幫閑鑽懶，縫合唇送暖偷寒。

待去呵，小姐性兒撮鹽入火，消息兒踏著泛；禁不得你甜話兒熱趲，好著我兩下裏做人難。

待不去呵，（末跪哭云）小生這一個性命，都在小娘子身上。（紅唱）我沒來由分說；小姐回與你的書，你自看者。（末接科，開讀科）呀，有這場喜事，撮土焚香，三拜禮畢。早知小姐簡至，理合遠接，接待不及，勿令見罪！小娘子，和你也歡喜。（紅云）怎麼？（末云）小姐罵我都是假，書中之意，著我今夜花園裏來，和他『哩也波，哩也羅』哩。（紅云）你讀書我聽。（末云）『待月西廂下，迎風戶半開。隔墻花影動，疑是玉人來。』（紅云）怎見得他著你來？你解與我聽咱。（末云）『待月西廂下』，著我月上來；『迎風戶半開』，他開門待我；『隔墻花影動，疑是玉人來』，著我跳過墻來。（紅笑云）他著你跳過墻來，你做下來。端的有此說麼？（末云）俺是個猜詩謎的社家，風流隋何，浪子陸賈，我那裏有差的勾當。（紅云）你看我姐姐，在我行也使這般道兒。

【耍孩兒】幾曾見寄書的顛倒瞞著魚雁，小則小心腸兒轉關。寫著道西廂待月等得更闌，著你跳東墻『女』字邊『干』。元來那詩句兒裏包籠著三更棗，簡帖兒裏埋伏著九里山。他著緊處將人慢，您會雲雨鬧中取靜，我寄音書忙裏偷閑。

【四煞】紙光明玉板，字香噴麝蘭，行兒邊湮透非春汗？一緘情淚紅猶濕，滿紙春愁墨未乾。從今後休疑難，放心波玉堂學士，穩情取金雀鴉鬟。

【三煞】他人行別樣的親，俺根前取次看，更做道孟光接了梁鴻案。別人行甜言美語三冬暖，我根前惡語傷人六月寒。我爲頭兒看：看你個離魂倩女，怎發付擲果潘安。

（末云）小生讀書人，怎跳得那花園過也？（紅唱）

【三煞】隔墻花又低，迎風户半拴，偷香手段今番按。怕墻高怎把龍門跳，嫌花密難將仙桂攀。放心去，休辭憚；你若不去呵，望穿他盈盈秋水，蹙損了淡淡春山。

（末云）小生曾到那花園裏，已經兩遭，不見那好處；這一遭，知他又怎麽？（紅云）如今不比往常。

【煞尾】你雖是去了兩遭，我敢道不如這番。你那隔墻酬和都胡侃，證果的是今番這一簡。（紅下）

（末云）萬事自有分定，誰想小姐有此一場好處。小生是猜詩謎的社家，風流隋何，浪子陸賈，到那裏扢紮幫便倒地。今日頽天百般的難得晚。天，你有萬物於人，何故争此一日？疾下去波！讀書繼晷怕黄昏，不覺西沈强掩門；欲赴海棠花下約，太陽何苦又生根？（看天云）呀，纔晌午也，再等一等。（又看科）今日萬般的難得下去也呵。碧天萬里無雲，空勞倦客身心；恨殺魯陽貪戰，不教紅日西沈！呀，却早倒西也，再等一等咱。無端的三足烏，團團光爍爍；安得后羿弓，射此一輪落？謝天地！却早日下去也！呀，却早發擂也！呀，却早撞鐘也！拽上書房門，到得那裏，手挽著垂楊，滴流撲跳過墻去。（下）

○第三折

（紅上云）今日小姐著我寄書與張生，當面偌多般意兒，元來詩内暗約著他來。小姐也不對我說，我也不瞧破他，則請他燒香。今夜晚妝處比每日較別，我看他到其間怎的瞞我。（紅喚科）姐姐，咱燒香去來。（旦上云）花陰重疊香風細，庭院深沈淡月明。（紅云）今夜月明風清，好一派景致也呵！

【雙調】【新水令】晚風寒峭透窗紗，控金鈎繡簾不挂。門闌凝暮靄，樓角斂殘霞。恰對菱花，樓上晚妝罷。

【駐馬聽】不近喧嘩，嫩綠池塘藏睡鴨；自然幽雅，淡黃楊柳帶栖鴉。金蓮蹴損牡丹芽，玉簪抓住荼蘼架。夜凉苔徑滑，露珠兒濕透了凌波襪。

我看那生和俺小姐巴不得到晚。

【喬牌兒】自從那日初時想月華，捱一刻似一夏；見柳梢斜日遲遲下，早道『好教賢聖打』。

【攪箏琶】打扮的身子兒詐，准備著雲雨會巫峽。只爲這燕侶鶯儔，鎖不住心猿意馬。

不則俺那姐姐害，那生呵——

二三日來水米不黏牙。因姐姐閉月羞花，真假，這其間性兒難按納，一地裏胡拿。

這湖山下立地，我開了寺裏角門兒。怕有人聽俺說話，我且看一看。（做意了）偌早晚，傻角却不來，赫赫赤赤，來。（末云）這其間正好去也，赫赫赤赤。（紅云）那鳥來了。

【沈醉東風】我則道槐影風摇暮鴉，元來是玉人帽側烏紗。一個潛身在曲檻邊，一個背立在湖山下；那裏叙寒温，并不曾打話。

（紅云）赫赫赤赤，那鳥來了。（末云）小姐，你來也。（摟住紅科）（紅云）禽獸，是我，你看得好仔細著，若是夫人怎了。（末云）小生害得眼花，摟得慌了些兒，不知是誰，望乞恕罪！（紅唱）

便做道摟得慌呵，你也索覷咱，多管是餓得你個窮神眼花。

（末云）小姐在那裏？（紅云）在湖山下。我問你咱：真個著你來哩？（末云）小生猜詩謎社家，風流隋何，浪子陸賈，准定扢紮幫便倒地。（紅云）你休從門裏去，則道我使你來。你跳過這墻去，今夜這一弄兒，助你兩個成親。我說與你，依著我者。

【喬牌兒】你看那淡雲籠月華，似紅紙護銀蠟；柳絲花朵垂簾下，綠莎茵鋪著綉榻。

【甜水令】良夜迢迢，閑庭寂靜，花枝低亞。他是個女孩兒家，你索將性兒温存，話兒摩弄，意兒謙洽；休猜做敗柳殘花。

【折桂令】他是個嬌滴滴美玉無瑕，粉臉生春，雲鬢堆鴉。恁的般受怕擔驚，又不圖甚浪酒閑茶。則你那夾被兒時當奮發，指頭兒告了消乏；打疊起嗟呀，畢罷了牽挂，收拾了憂愁，准備著撑達。

（末作跳墻摟旦科）（旦云）是誰？（末云）是小生。（旦怒云）張生，你是何等之人！我在這裏燒香，你無故至此；若夫人聞知，有何理說！（末云）呀，變了卦也！（紅唱）

【錦上花】爲甚媒人，心無驚怕；赤緊的夫妻們，意不爭差。我這裏躡足潛蹤，悄地聽咱：一個羞慚，一個怒發。

【幺篇】張生無一言，呀，鶯鶯變了卦。一個悄悄冥冥，一個絮絮答答。却早禁住隋何，迸住陸賈，叉手躬身，妝聾做啞。

張生背地裏嘴那裏去了？向前摟住丟番，告到官司，怕羞了你！

【清江引】没人處則會閑嗑牙，就裏空奸詐。怎想湖山邊，不記『西廂下』。香美娘處分破花木瓜。

(旦云)紅娘，有賊。(紅云)是誰？(末云)是小生。(紅云)張生，你來這裏有甚麽勾當？(旦云)扯到夫人那裏去！(紅云)到夫人那裏，怕壞了他行止。我與姐姐處分他一場。張生，你過來跪著！(生跪科)(紅云)你既讀孔聖之書，必達周公之禮，夤夜來此何幹？

【雁兒落】不是俺一家兒喬作衙，說幾句衷腸話。我則道你文學海樣深，誰知你色膽有天來大。

(紅云)你知罪麽？(末云)小生不知罪。(紅唱)

【得勝令】誰著你夤夜入人家，非奸做賊拿。你本是個折桂客，做了偷花漢；不想去跳龍門，學騙馬。

姐姐，且看紅娘面，饒過這生者！(旦云)若不看紅娘面，扯你到夫人那裏去，看你有何面目見江東父老？起來！(紅唱)

謝小姐賢達，看我面遂情罷。若到官司詳察，

『你既是秀才，只合苦志於寒窗之下，誰教你夤夜輒入人家花園，做得個非奸即盜。』先生呵，

整備著精皮膚喫頓打。

(旦云)先生雖有活人之恩，恩則當報。既爲兄妹，何生此心？萬一夫人知之，先生何以自安？今後再勿如此，若更爲之，與足下決無干休。(下)(末朝鬼門道云)你著我來，却怎麽有偌多說話！(紅扳過末云)羞也，羞也，却不『風流隋何，浪子陸賈』？(末云)得罪波『社家』，今日便早則死心塌地。(紅唱)

【離亭宴帶歇指煞】再休題春宵一刻千金價，准備著寒窗更守十年寡。猜詩謎的社家，傘拍了『迎風户半開』，山障了『隔墻花影動』，緑慘了『待月西廂下』。你將何郎粉面搽，他自把張敞眉兒畫。强風情措大，晴乾了

尤雲殢雨心，悔過了竊玉偷香膽，删抹了倚翠偎紅話。

（末云）小生再寫一簡，煩小娘子將去，以盡衷情如何？（紅唱）

淫詞兒早則休，簡帖兒從今罷。猶古自參不透風流調法。從今後悔罪也卓文君，你與我游學去波漢司馬。（下）

（末云）你這小姐送了人也！此一念小生再不敢舉，奈有病體日篤，將如之奈何？夜來得簡方喜，今日强扶至此，又值這一場怨氣，眼見得休也。則索回書房中納悶去。桂子閑中落，槐花病裏看。（下）

○第四折

（夫人上云）早間長老使人來，說張生病重。我著長老使人請個太醫去看了。一壁道與紅娘，看哥哥行問湯藥去者，問太醫下甚麽藥？證候如何？便來回話。（下）（紅上云）老夫人纔說張生病沈重，昨晚喫我那一場氣，越重了。鶯鶯呵，你送了他人。（下）（旦上云）我寫一簡，則說道藥方，著紅娘將去與他，證候便可。（旦喚紅科）（紅云）姐姐喚紅娘怎麽？（旦云）張生病重，我有一個好藥方兒，與我將去咱！（紅云）又來也！娘呵，休送了他人！（旦云）好姐姐，救人一命，將去咱！（紅云）不是你，一世也救他不得。如今老夫人使我去哩，我就與你將去走一遭。（下）（旦云）紅娘去了，我綉房裏等他回話。（下）（末上云）自從昨夜花園中喫了這一場氣，投著舊證候，眼見得休了也。老夫人說著長老喚太醫來看我；我這頽證候，非是太醫所治的；則除是那小姐美甘甘、香噴噴、涼滲滲、嬌滴滴一點兒唾津兒咽下去，這屌病便可。（潔引太醫上，《雙鬥醫》科範了）（下）（潔云）下了藥了，我回夫人話去，少刻再來相望。（下）（紅上云）俺小姐送得人如此，又著我去動問，送藥方兒去，越著他病沈了也。我索走一遭。异鄉易得離愁病，妙藥難醫腸斷人。

【越調】【鬥鵪鶉】則爲你彩筆題詩，迴文織錦；送得人卧枕著床，忘餐廢寢；折倒得鬢似愁潘，腰如病沈。恨已深，病已沈，昨夜個熱臉兒對面搶白，今日個冷句兒將人厮侵。

昨夜這般搶白他呵！

【紫花兒序】把似你休倚著櫳門兒待月，依著韵脚兒聯詩，側著耳朵兒聽琴。

見了他撇假偌多話：『張生，我與你兄妹之禮，甚麽勾當！』

怒時節把一個書生來迭噉。

歡時節：『紅娘，好姐姐，去望他一遭！』

將一個侍妾來逼臨。難禁，好著我似綫脚兒般殷勤不離了針。從今後教他一任。

這的是俺老夫人的不是——

將人的義海恩山，都做了遠水遥岑。

（紅見末問云）哥哥病體若何？（末云）害殺小生也！我若是死呵，小娘子，閻王殿前，少不得你做個干連人。（紅嘆云）普天下害相思的不似你這個傻角。

【天净沙】心不存學海文林，夢不離柳影花陰，則去那竊玉偷香上用心。又不曾得甚，自從海棠開想到如今。

因甚的便病得這般了？（末云）都因你行——怕説的謊——因小侍長上來，當夜書房一氣一個死。小生救了人，反被害了。自古云：『痴心女

子負心漢。』今日反其事了。（紅唱）

【調笑令】我這裏自審，這病爲邪淫；屍骨嵒嵒鬼病侵。更做道秀才每從來恁，似這般乾相思的好撒唔！功名上早則不遂心，婚姻上更返吟復吟。

（紅云）老夫人著我來，看哥哥要甚麼湯藥。小姐再三仲敬，有一藥方送來與先生。（末做慌科）在那裏？（紅云）用著幾般兒生藥，各有制度，我說與你：

【小桃紅】『桂花』搖影夜深沈，酸醋『當歸』浸。

（末云）桂花性温，當歸活血，怎生制度？（紅唱）

面靠著湖山背陰裏窨，這方兒最難尋。一服兩服令人恁。

（末云）忌甚麼物？（紅唱）

忌的是『知母』未寢，怕的是『紅娘』撒沁。喫了呵，穩情取『使君子』一星兒『參』。

這藥方兒小姐親筆寫的。（末看藥方大笑科）（末云）早知姐姐書來，祇合遠接。小娘子……（紅云）又怎麼？却早兩遭兒也。（末云）不知這首詩意，小姐待和小生『里也波』哩。（紅云）不少了一些兒？

【鬼三臺】足下其實啉，休妝唔。笑你個風魔的翰林，無處問佳音，向簡帖兒上計稟。得了個紙條兒恁般綿裏針，若見玉天仙怎生軟斷禁？俺那小姐忘恩，赤緊的僂人負心。

書上如何說？你讀與我聽咱。（末念云）『休將閑事苦縈懷，取次摧殘天賦才。不意當時完妾命，豈防今日作君災？仰圖厚德難從禮，謹奉新詩可當謀。寄語高唐休咏賦，今宵端的雨雲來。』此韵非前日之比，小姐必來。（紅云）他來呵怎生？

【禿厮兒】身卧著一條布衾，頭枕著三尺瑶琴；他來時怎生和你一處寢?凍得來戰兢兢,說甚知音?

【聖藥王】果若你有心,他有心,昨日鞦韆院宇夜深沈;花有陰,月有陰,『春宵一刻抵千金』,何須『詩對會家吟』?

(末云)小生有花銀十兩,有鋪蓋賃與小生一付。(紅唱)

【東原樂】俺那鴛鴦枕,翡翠衾,便遂殺了人心,如何肯賃?至如你不脫解和衣兒更怕甚?不强如手執定指尖兒恁。倘或成親,到大來福蔭。

(末云)小生爲小姐如此容色,莫不小姐爲小生也减動丰韵麽?(紅唱)

【綿搭絮】他眉彎遠山不翠,眼横秋水無光,體若凝酥,腰如弱柳,俊的是龐兒俏的是心,體態温柔性格兒沈。雖不會法灸神針,更勝似救苦難觀世音。

(末云)今夜成了事,小生不敢有忘。(紅唱)

【幺篇】你口兒裏漫沈吟,夢兒裏苦追尋。往事已沈,祇言目今,今夜相逢管教恁。不圖你甚白璧黄金,則要你滿頭花,拖地錦。

(末云)怕夫人拘繫,不能勾出來。(紅云)則怕小姐不肯,果有意呵,

【煞尾】雖然是老夫人曉夜將門禁,好共歹須教你稱心。

(末云)休似昨夜不肯。(紅云)你挣揣咱。

來時節肯不肯盡由他,見時節親不親在於恁。(并下)

【絡絲娘煞尾】因今宵傳言送語,看明日携雲握雨。

題目　老夫人命醫士　崔鶯鶯寄情詩

正名　小紅娘問湯藥　張君瑞害相思

西厢記五劇第三本終

第四本　草橋店夢鶯鶯雜劇

○楔子

（旦上云）昨夜紅娘傳簡去與張生，約今夕和他相見，等紅娘來做個商量。（紅上云）姐姐著我傳簡帖兒與張生，約他今宵赴約。俺那小姐，我怕又有說謊，送了他性命，不是耍處。我見小姐去，看他說甚麼。（旦云）紅娘收拾臥房，我睡去。（紅云）不爭你要睡呵，那裏發付那生？（旦云）甚麼那生？（紅云）姐姐，你又來也！送了人性命不是耍處。你若又番悔，我出首與夫人，你著我將簡帖兒約下他來。（旦云）這小賤人倒會放刁，羞人答答的，怎生去！（紅云）有甚的羞，到那裏則合著眼者。（紅催鶯云）去來去來，老夫人睡了也。（旦走科）（紅云）俺姐姐語言雖是强，脚步兒早先行也。

【仙呂】【端正好】因姐姐玉精神，花模樣，無倒斷曉夜思量。著一片志誠心蓋抹了漫天謊。出畫閣，向書房；離楚岫，赴高唐；學竊玉，試偷香；巫娥女，楚襄王；楚襄王敢先在陽臺上。（下）

○第一折

（末上云）昨夜紅娘所遺之簡，約小生今夜成就。這早晚初更盡也，不見來呵，小姐休説謊咱！人間良夜靜復靜，天上美人來不來。

【仙吕】【點絳唇】佇立閑階，夜深香靄、横金界。瀟灑書齋，悶殺讀書客。

【混江龍】彩雲何在，月明如水浸樓臺。僧歸禪室，鴉噪庭槐。風弄竹聲，則道似金珮響；月移花影，疑是玉人來。意懸懸業眼，急攘攘情懷，身心一片，無處安排；則索呆答孩倚定門兒待。越越的表鸞信杳，黄犬音乖。

小生一日十二時，無一刻放下小姐，你那裏知道呵！

【油葫蘆】情思昏昏眼倦開，單枕側，夢魂飛入楚陽臺。早知道無明無夜因他害，想當初不如不遇傾城色。人有過，必自責，勿憚改。我却待『賢

賢易色』將心戒，怎禁他兜的上心來。

【天下樂】我則索倚定門兒手托腮，好著我難猜：來也那不來？夫人行料應難離側。望得人眼欲穿，想得人心越窄，多管是冤家不自在。

偌早晚不來，莫不又是謊麽？

【那吒令】他若是肯來，早身離貴宅；他若是到來，便春生敝齋；他若是不來，似石沈大海。數著他脚步兒行，倚定窗櫺兒待，寄語多才：

【鵲踏枝】恁的般惡搶白，并不曾記心懷；撥得個意轉心回，夜去明來。空調眼色經今半載，這其間委實難捱。

小姐這一遭若不來呵——

【寄生草】安排著害，準備著擡。想著這异鄉身强把茶湯捱，則爲這可憎才熬得心腸耐，辦一片志誠心留得形骸在。試著那司天臺打算半年愁，端的是太平車約有十餘載。

（紅上云）姐姐，我過去，你在這裏。（紅敲門科）（末問云）是誰？（紅云）是你前世的娘。（末云）小姐來麼？（紅云）你接了衾枕者，小姐入來也。張生，你怎麼謝我？（末拜云）小生一言難盡，寸心相報，惟天可表！（紅云）你放輕者，休唬了他！（紅推旦入云）姐姐，你入去，我在門兒外等你。（末見旦跪云）張珙有何德能，敢勞神仙下降，知他是睡裏夢裏。

【村裏迓鼓】猛見他可憎模樣，

小生那裏得病來？

早醫可九分不快。先前見責，誰承望今宵歡愛！著小姐這般用心，不才張珙，合當跪拜。小生無宋玉般容，潘安般貌，子建般才；姐姐，你則是可憐見爲人在客！

【元和令】綉鞋兒剛半拆，柳腰兒勾一搦，羞答答不肯把頭抬，衹將鴛枕捱。雲鬟仿佛墜金釵，偏宜鬏髻兒歪。

【上馬嬌】我將這鈕扣兒鬆，把縷帶兒解；蘭麝散幽齋。不良會把人禁害，咍，怎不肯回過臉兒來？

【勝葫蘆】我這裏軟玉温香抱滿懷。呀，阮肇到天台，春至人間花弄色。將柳腰款擺，花心輕拆，露滴牡丹開。

【幺篇】但蘸著些兒麻上來，魚水得和諧，嫩蕊嬌香蝶恣采。半推半就，又驚又愛，檀口揾香腮。

（末跪云）謝小姐不弃，張珙今夕得就枕席，异日犬馬之報。（旦云）妾千金之軀，一旦弃之。此身皆托于足下，勿以他日見弃，使妾有白頭之嘆。（末云）小生焉敢如此？（末看手帕科）

【後庭花】春羅元瑩白，早見紅香點嫩色。

（旦云）羞人答答的，看甚麼？（末唱）

燈下偷睛覷，胸前著肉揣。暢奇哉，渾身通泰，不知春從何處來？無能的張秀才，孤身西洛客，自從逢稔色，思量的不下懷；憂愁因間隔，相思無擺劃；謝芳卿不見責。

【柳葉兒】我將你做心肝兒般看待，點污了小姐清白。忘餐廢寢舒心害，若不是真心耐，志誠捱，怎能勾這相思苦盡甘來？

【青哥兒】成就了今宵歡愛，魂飛在九霄雲外。投至得見你多情小奶奶，憔悴形骸，瘦似麻稭。今夜和諧，猶自疑猜。露滴香埃，風靜閑階，月射書齋，雲鎖陽臺；審問明白，祇疑是昨夜夢中來，愁無奈。

（旦云）我回去也，怕夫人覺來尋我。（末云）我送小姐出來。

【寄生草】多丰韵，忒稔色。乍時相見教人害，霎時不見教人怪，些時得見教人愛。今宵同會碧紗厨，何時重解香羅帶。

（紅云）來拜你娘！張生，你喜也。姐姐，咱家去來。（末唱）

【賺煞】春意透酥胸，春色横眉黛，賤却人間玉帛。杏臉桃腮，乘著月色，嬌滴滴越顯得紅白。下香階，懶步蒼苔，動人處弓鞋鳳頭窄。嘆鯫生不才，謝多嬌錯愛。

若小姐不弃小生，此情一心者，你是必破工夫明夜早些來。（下）

○第二折

（夫人引倈上云）這幾日竊見鶯鶯語言恍惚，神思加倍，腰肢體態，比向日不同；莫不做下來了麼？（倈云）前日晚夕，奶奶睡了，我見姐姐和紅娘燒香，半晌不回來，我家去睡了。（夫人云）這樁事都在紅娘身上，喚紅娘來！（倈喚紅科）（紅云）哥哥喚我怎麼？（倈云）奶奶知道你和姐姐去花園裏去，如今要打你哩。（紅云）呀！小姐，你帶累我也！小哥哥，你先去，我便來也。（紅喚旦科）姐姐，事發了也，老夫人喚我哩，却怎了？（旦云）好姐姐，遮蓋咱！（紅云）娘呵，你做的穩秀者，我道你做下來也。（旦念）月圓便有陰雲蔽，花發須教急雨催。（紅唱）

【越調】【鬥鵪鶉】則著你夜去明來，倒有個天長地久；不爭你握雨携雲，常使我提心在口。你則合帶月披星，誰著你停眠整宿？老夫人心數多，情性㑇；使不著我巧語花言，將没做有。

【紫花兒序】老夫人猜那窮酸做了新婿，小姐做了嬌妻，『這小賤人做了牽頭』。俺小姐這些時春山低翠，秋水凝眸，別樣的都休，試把你裙帶兒拴，紐門兒扣，比著你舊時肥瘦，出落得精神，別樣的風流。

（旦云）紅娘，你到那裏，小心回話者！（紅云）我到夫人處，必問：『這小賤人！

【金蕉葉】我著你但去處行監坐守，誰著你迤逗的胡行亂走？』若問著此一節呵如何訴休？你便索與他個『知情』的犯由。

姐姐，你受責理當，我圖甚麼來？

【調笑令】你綉幃裏效綢繆，倒鳳顛鸞百事有。我在窗兒外幾曾輕咳嗽，立蒼苔將綉鞋兒冰透。今日個嫩皮膚倒將粗棍抽，姐姐呵，俺這通殷勤的著甚來由？

姐姐在這裏等著，我過去。說過呵，休歡喜，說不過，休煩惱。（紅見夫人科）（夫人云）小賤人，爲甚麼不跪下！你知罪麼？（紅跪云）紅娘不知罪。（夫人云）你故自口强哩。若實説呵，饒你；若不實説呵，我直打死你這個賤人！誰著你和小姐花園裏去來？（紅云）不曾去，誰見來？（夫人云）歡郎見你去來，尚故自推哩。（打科）（紅云）夫人休閃了手，且息怒停嗔，聽紅娘説。

【鬼三臺】夜坐時停了針綉，共姐姐閑窮究，説張生哥哥病久。咱兩個背著夫人，向書房問候。

（夫人云）問候呵，他説甚麼？（紅云）他説來，

道『老夫人事已休，將恩變爲仇，著小生半途喜變做憂』。他道：『紅娘你且先行，教小姐權時落後。』

（夫人云）他是個女孩兒家，著他落後怎麼！（紅唱）

【禿厮兒】我則道神針法灸，誰承望燕侣鶯儔。他兩個經今月餘則是一處宿，何須你一一問緣由？

【聖藥王】他每不識憂，不識愁，一雙心意兩相投。夫人得好休，便好休，這其間何必苦追求？常言道『女大不中留』。

（夫人云）這端事都是你個賤人。（紅云）非是張生小姐紅娘之罪，乃夫人之過也。（夫人云）這賤人到指下我來，怎麼是我之過？（紅云）信者人之根本，『人而無信，不知其可也。大車無輗，小車無軏，其何以行之哉？』當日軍圍普救，夫人所許退軍者，以女妻之。張生非慕小姐顔色，豈肯建區區退軍之策？兵退身安，夫人悔却前言，豈得不爲失信乎？既然不肯成就其事，祇合酬之以金帛，令張生捨此而去。却不當留請張生於書院，使怨女曠夫，各相早晚窺視，所以夫人有此一端。目下老夫人若不息其事，一來辱没相國家譜；二來張生日後名重天下，施恩於人，忍令反受其辱哉？使至官司，老夫人亦得治家不嚴之罪。官司若推

其詳，亦知老夫人背義而忘恩，豈得爲賢哉？紅娘不敢自專，乞望夫人台鑒：莫若恕其小過，成就大事，擱之以去其污，豈不爲長便乎？

【麻郎兒】秀才是文章魁首，姐姐是仕女班頭；一個通徹三教九流，一個曉盡描鸞刺綉。

【幺篇】世有、便休、罷手，大恩人怎做敵頭？起白馬將軍故友，斬飛虎叛賊草寇。

【絡絲娘】不爭和張解元參辰卯酉，便是與崔相國出乖弄醜。到底干連著自己骨肉，夫人索窮究。

（夫人云）這小賤人也道得是。我不合養了這個不肖之女。待經官呵，玷辱家門。罷罷！俺家無犯法之男，再婚之女，與了這厮罷。紅娘喚那賤人來！（紅見旦云）且喜姐姐，那棍子則是滴溜溜在我身上，喫我直説過了。我也怕不得許多，夫人如今喚你來，待成合親事。（旦云）羞人答

答的，怎麼見夫人？（紅云）娘根前有甚麼羞？

【小桃紅】當日個月明才上柳梢頭，却早人約黃昏後。羞的我腦背後將牙兒襯著衫兒袖。猛凝眸，看時節則見鞋底尖兒瘦。一個恣情的不休，一個啞聲兒厮耨。呸！那其間可怎生不害半星兒羞？

（旦見夫人科）（夫人云）鶯鶯，我怎生抬舉你來，今日做這等的勾當；則是我的孽障，待怨誰的是！我待經官來，辱没了你父親，這等不是俺相國人家的勾當。罷罷罷！誰似俺養女的不長進！紅娘，書房裏喚將那禽獸來！（紅喚末科）（末云）小娘子喚小生做甚麼？（紅云）你的事發了也，如今夫人喚你來，將小姐配與你哩。小姐先招了也，你過去。（末云）小生惶恐，如何見老夫人？當初誰在老夫人行説來？（紅云）休佯小心，過去便了。

【小桃紅】既然洩漏怎干休？是我相投首。俺家裏陪酒陪茶倒擱就。你

休愁，何須約定通媒媾？我弃了部署不收，你元來『苗而不秀』。呸！你是個銀樣鑞槍頭。

（末見夫人科）（夫人云）好秀才呵，豈不聞『非先王之德行不敢行』。我待送你去官司裏去來，恐辱没俺家譜。我如今將鶯鶯與你爲妻，則是俺三輩兒不招白衣女婿，你明日便上朝取應去。我與你養著媳婦，得官呵，來見我；駁落呵，休來見我。（紅云）張生早則喜也。

【東原樂】相思事，一筆勾，早則展放從前眉兒皺，美愛幽歡恰動頭。既能勾，張生，你覷兀的般可喜娘龐兒也要人消受。

（夫人云）明日收拾行裝，安排果酒，請長老一同送張生到十里長亭去。（旦念）寄語西河堤畔柳，安排青眼送行人。（同夫人下）（紅唱）

【收尾】來時節畫堂簫鼓鳴春晝，列著一對兒鸞交鳳友。那其間才受你説媒紅，方喫你謝親酒。（并下）

○第三折

（夫人長老上云）今日送張生赴京，十里長亭，安排下筵席。我和長老先行，不見張生小姐來到。（旦、末、紅同上）（旦云）今日送張生上朝取應，早是離人傷感，況值那暮秋天氣，好煩惱人也呵！悲歡聚散一杯酒，南北東西萬里程。

【正宮】【端正好】碧雲天，黄花地，西風緊，北雁南飛。曉來誰染霜林醉？總是離人淚。

【滾綉球】恨相見得遲，怨歸去得疾。柳絲長玉驄難繫，恨不倩疏林挂住斜暉。馬兒迍迍的行，車兒快快的隨，却告了相思迴避，破題兒又早别離。聽得一聲去也，鬆了金釧；遥望見十里長亭，减了玉肌。此恨誰知？

（紅云）姐姐今日怎麼不打扮？（旦云）你那知我的心裏呵？

【叨叨令】見安排著車兒、馬兒，不由人熬熬煎煎的氣；有甚麼心情花兒、靨兒，打扮得嬌嬌滴滴的媚；准備著被兒、枕兒，則索昏昏沈沈的睡；從今後衫兒、袖兒，都揾做重重疊疊的淚。兀的不悶殺人也麼哥！兀的不悶殺人也麼哥！久已後書兒、信兒，索與我恓恓惶惶的寄。

（做到）（見夫人科）（夫人云）張生和長老坐，小姐這壁坐，紅娘將酒來。張生，你向前來，是自家親眷，不要迴避。俺今日將鶯鶯與你，到京師休辱没了俺孩兒，掙揣一個狀元回來者。（末云）小生托夫人餘蔭，憑著胸中之才，視官如拾芥耳。（潔云）夫人主見不差，張生不是落後的人。（把酒了，坐）（旦長吁科）

【脱布衫】下西風黄葉紛飛，染寒烟衰草萋迷。酒席上斜簽著坐的，蹙愁眉死臨侵地。

【小梁州】我見他閣淚汪汪不敢垂，恐怕人知；猛然見了把頭低，長吁氣，推整素羅衣。

【幺篇】雖然久後成佳配，奈時間怎不悲啼。意似痴，心如醉，昨宵今日，清減了小腰圍。

（夫人云）小姐把盞者！（紅遞酒，旦把盞長吁科云）請喫酒！

【上小樓】合歡未已，離愁相繼。想著俺前暮私情，昨夜成親，今日別離。我諗知這幾日相思滋味，却元來此別離情更增十倍。

【幺篇】年少呵輕遠別，情薄呵易弃擲。全不想腿兒相挨，臉兒相偎，手兒相攜。你與俺崔相國做女婿，妻榮夫貴，但得一個并頭蓮，煞强如狀元及第。

（夫人云）紅娘把盞者！（紅把酒科）（旦唱）

【滿庭芳】供食太急，須臾對面，頃刻別離。若不是酒席間子母每當迴避，有心待與他舉案齊眉。雖然是廝守得一時半刻，也合著俺夫妻每共桌而食。眼底空留意，尋思起就裏，險化做望夫石。（紅云）姐姐不曾喫早飯，飲一口兒湯水。（旦云）紅娘，甚麼湯水咽得下！（旦唱）

【快活三】將來的酒共食，嘗著似土和泥；假若便是土和泥，也有些土氣息，泥滋味。

【朝天子】暖溶溶玉醅，白泠泠似水，多半是相思淚。眼面前茶飯怕不待要喫，恨塞滿愁腸胃。蝸角虛名，蠅頭微利，拆鴛鴦在兩下裏。一個這壁，一個那壁，一遞一聲長吁氣。

（夫人云）輛起車兒，俺先回去，小姐隨後和紅娘來。（下）（末辭潔科）（潔云）此一行別無話兒，貧僧准備買登科録看，做親的茶飯少不得貧僧的。先生在意，鞍馬上保重者！從今經懺無心禮，專聽春雷第一聲。（下）（旦唱）

【四邊静】霎時間杯盤狼藉，車兒投東，馬兒向西，兩意徘徊，落日山横翠。知他今宵宿在那裏？有夢也難尋覓。

張生，此一行得官不得官，疾便回來。（末云）小生這一去，白奪一個狀元。正是：青霄有路終須到，金榜無名誓不歸。（旦云）君行别無所贈，口占一絶，爲君送行：弃擲今何在，當時且自親。還將舊來意，憐取眼前人。（末云）小姐之意差矣，張珙更敢憐誰？謹賡一絶，以剖寸心：人生長遠别，孰與最關親？不遇知音者，誰憐長嘆人？（旦唱）

【耍孩兒】淋漓襟袖啼紅淚，比司馬青衫更濕。伯勞東去燕西飛，未登程先問歸期。雖然眼底人千里，且盡生前酒一杯。未飲心先醉，眼中流血，心裏成灰。

【五煞】到京師服水土，趁程途節飲食，順時自保揣身體。荒村雨露宜眠早，野店風霜要起遲！鞍馬秋風裏，最難調護，最要扶持。

【四煞】這憂愁訴與誰？相思祇自知，老天不管人憔悴。淚添九曲黃河溢，恨壓三峰華岳低。到晚來悶把西樓倚，見了些夕陽古道，衰柳長堤。

【三煞】笑吟吟一處來，哭啼啼獨自歸。歸家若到羅幃裏，昨宵個綉衾香暖留春住，今夜個翠被生寒有夢知。留戀你別無意，見據鞍上馬，閣不住淚眼愁眉。

（末云）有甚言語囑咐小生咱？（旦唱）

【二煞】你休憂文齊福不齊，我則怕你停妻再娶妻。休要一春魚雁無消息！我這裏青鸞有信頻須寄，你却休金榜無名誓不歸。此一節君須記，若見了那异鄉花草，再休似此處栖遲。

（末云）再誰似小姐？小生又生此念？（旦唱）

【一煞】青山隔送行，疏林不做美，淡烟暮靄相遮蔽。夕陽古道無人語，禾黍秋風聽馬嘶。我爲甚麼懶上車兒內，來時甚急，去後何遲？

（紅云）夫人去好一會，姐姐，咱家去！（旦唱）

【收尾】四圍山色中，一鞭殘照裏。遍人間煩惱填胸臆，量這些大小車兒如何載得起？

（旦、紅下）（末云）僕童趕早行一程兒，早尋個宿處。淚隨流水急，愁逐野雲飛。（下）

○第四折

（末引僕騎馬上開）離了蒲東早三十里也。兀的前面是草橋，店裏宿一宵，明日趕早行。這馬百般兒不肯走。行色一鞭催去馬，羈愁萬斛引新詩。

【雙調】【新水令】望蒲東蕭寺暮雲遮，慘離情半林黃葉。馬遲人意懶，風急雁行斜。離恨重疊，破題兒第一夜。

想著昨日受用，誰知今日淒涼！

【步步嬌】昨夜個翠被香濃熏蘭麝，欹珊枕把身軀兒趄。臉兒廝揾者，仔細端詳，可憎的別。鋪雲鬢玉梳斜，恰便似半吐初生月。

早至也，店小二哥那裏？（小二哥上云）官人，俺這頭房裏下。（末云）琴童接了馬者！點上燈，我諸般不要喫，則要睡些兒。（僕云）小人也辛苦，待歇息也。（在床前打鋪做睡科）（末云）今夜甚睡得到我眼裏來也！

【落梅風】旅館欹單枕，秋蛩鳴四野，助人愁的是紙窗兒風裂。乍孤眠被兒薄又怯，冷清清幾時温熱！

（末睡科）（旦上云）長亭畔別了張生，好生放心不下。老夫人和梅香都睡了，我私奔出城，趕上和他同去。

【喬木查】走荒郊曠野，把不住心嬌怯，喘吁吁難將兩氣接。疾忙趕上者，打草驚蛇。

【攪箏琶】他把我心腸撦，因此不避路途賒。瞞過俺能拘管的夫人，穩住俺廝齊攢的侍妾。想著他臨上馬痛傷嗟，哭得我也似痴呆。不是我心邪，自別離已後，到西日初斜，愁得來陡峻，瘦得來唓嗻。則離得半個日頭，却早又寬掩過翠裙三四褶，誰曾經這般磨滅？

【錦上花】有限姻緣，方纔寧貼；無奈功名，使人離缺。害不了的愁懷，恰纔覺些：掉不下的思量，如今又也。清霜净碧波，白露下黄葉。下下高高，道路曲折；四野風來，左右亂踅。我這裏奔馳，他何處困歇？

【清江引】呆答孩店房兒裏没話説，悶對如年夜。暮雨催寒蛩，曉風吹殘月，今宵酒醒何處也？

(旦云)在這個店兒裏，不免敲門。(末云)誰敲門哩？是一個女人的聲音。我且開門看咱。這早晚是誰？

【慶宣和】是人呵疾忙快分説，是鬼呵合速滅。

(旦云)是我。老夫人睡了，想你去了呵，幾時再得見，特來和你同去。(末唱)聽説罷將香羅袖兒拽，却原來是姐姐、姐姐。

難得小姐的心勤！

【喬牌兒】你是爲人須爲徹，將衣袂不藉。綉鞋兒被露水泥沾惹，脚心兒管踏破也。

(旦云)我爲足下呵，顧不得迢遞。(旦唧唧了)

【甜水令】想著你廢寢忘餐，香消玉減，花開花謝，猶自覺争些；便枕冷衾寒，鳳隻鸞孤，月圓雲遮，尋思來有甚傷嗟。

【折桂令】想人生最苦離别，可憐見千里關山，獨自跋涉。似這般割肚牽腸，到不如義斷恩絶。雖然是一時間花殘月缺，休猜做瓶墜簪折。不戀豪杰，不羡驕奢；自願的生則同衾，死則同穴。

(外净一行扮卒子上叫云)恰纔見一女子渡河，不知那裏去了？打起火把者。分明見他走在這店中去也，將出來！將出來！(末云)却怎了？

(旦云)你近後，我自開門對他説。

【水仙子】硬圍著普救寺下鍬钁，强當住咽喉仗劍鉞。賊心腸饞眼腦天生得劣。

(卒子云)你是誰家女子，夤夜渡河？(旦唱)

休言語，靠後些！杜將軍你知道他是英杰，覷一覷著你爲了醢醬，指一指教你化做膋血。騎著匹白馬來也。

（卒子搶旦下）（末驚覺云）呀，元來却是夢裏。且將門兒推開看。只見一天露氣，滿地霜華，曉星初上，殘月猶明。無端喜鵲高枝上，一枕鴛鴦夢不成！

【雁兒落】綠依依墻高柳半遮，静悄悄門掩清秋夜。疏剌剌林梢落葉風，昏慘慘雲際穿窗月。

【得勝令】驚覺我的是顫巍巍竹影走龍蛇，虛飄飄莊周夢蝴蝶，絮叨叨促織兒無休歇，韵悠悠砧聲兒不斷絶。痛煞煞傷别，急煎煎好夢兒應難捨；冷清清的咨嗟，嬌滴滴玉人兒何處也！

（僕云）天明也。咱早行一程兒，前面打火去。（末云）店小二哥，還你房錢，鞴了馬者。

【鴛鴦煞】柳絲長咫尺情牽惹，水聲幽仿佛人嗚咽。斜月殘燈，半明不滅。暢道是舊恨連綿，新愁鬱結；别恨離愁，滿肺腑難淘瀉。除紙筆代喉舌，千種相思對誰説。（并下）

【絡絲娘煞尾】都則爲一官半職，阻隔得千山萬水。

題目　小紅娘成好事　老夫人問私情

正名　短長亭斟别酒　草橋店夢鶯鶯

西廂記五劇第四本終

第五本　張君瑞慶團圞雜劇

○楔子

（末引僕人上開云）自暮秋與小姐相別，倏經半載之際。托賴祖宗之蔭，一舉及第，得了頭名狀元。如今在客館聽候聖旨御筆除授，惟恐小姐挂念，且修一封書，令琴童家去，達知夫人，便知小生得中，以安其心。琴童過來，你將文房四寶來，我寫就家書一封，與我星夜到河中府去。見小姐時說：『官人怕娘子憂，特地先著小人將書來。』即忙接了回書來者。過日月好疾也呵！

【仙呂】【賞花時】相見時紅雨紛紛點緑苔，別離後黃葉蕭蕭凝暮靄。今日見梅開，別離半載。

琴童，我囑咐你的言語記著！則說道特地寄書來。（下）

（僕云）得了這書，星夜望河中府走一遭。（下）

○第一折

(旦引紅娘上開云)自張生去京師，不覺半年，杳無音信。這些時神思不快，妝鏡懶擡，腰肢瘦損，茜裙寬褪，好煩惱人也呵！

【商調】【集賢賓】雖離了我眼前，悶却在心上有；不甫能離了心上，又早眉頭。忘了時依然還又，惡思量無了無休。大都來一寸眉峰，怎當他許多顰皺。新愁近來接著舊愁，斷混了難分新舊。舊愁似太行山隱隱，新愁似天塹水悠悠。

(紅云)姐姐往常針尖不倒，其實不曾閑了一個綉床，如今百般的悶倦。往常也曾不快，將息便可，不似這一場清減得十分利害。(旦唱)

【逍遥樂】曾經消瘦，每遍猶閑，這番最陡。

(紅云)姐姐心兒悶呵，那裏散心耍咱。(旦唱)

何處忘憂？看時節獨上妝樓，手捲珠簾上玉鈎，空目斷山明水秀；見蒼烟迷樹，衰草連天，野渡横舟。

(旦云)紅娘，我這衣裳，這些時都不似我穿的。(紅云)姐姐正是『腰細不勝衣』。(旦唱)

【挂金索】裙染榴花，睡損胭脂皺；紐結丁香，掩過芙蓉扣；綫脱珍珠，□濕香羅袖；楊柳眉顰，人比黄花瘦。

(僕人上云)奉相公言語，特將書來與小姐。恰纔前廳上見了夫人，夫人好生歡喜，著入來見小姐。早至後堂。(咳嗽科)(紅問云)誰在外面？(見科)(紅見僕人)(紅笑云)你幾時來？可知道昨夜燈花報，今朝喜鵲噪。姐姐正煩惱哩，你自來？和哥哥來？(僕云)哥哥得了官也，著我寄書來。(紅云)你則在這裏等著，我對俺姐姐説了呵，你進來。(紅見旦笑科)(旦云)這小妮子怎麼？(紅云)姐姐，大喜大喜，咱姐夫得了官也。(旦云)這妮子見我悶呵，特故哄我。(紅云)琴童在門首，見了夫人了，使他進來見姐姐，姐夫有書。（旦云）慚愧，我也有盼著他的日頭，喚他入來。（僕入見旦科）（旦云）琴童，你幾時離京師？（僕云）離京一月多，我來時，哥哥去喫游街棍子去了。（旦云）這禽獸不省得，狀元喚做誇官，游街三日。（僕云）夫人說的便是，有書在此。（旦做接書科）

【金菊花】早是我只因他去減了風流，不争你寄得書來，又與我添些兒證候。說來的話兒不應口，無語低頭，書在手，淚凝眸。（旦開書看科）

【醋葫蘆】我這裏開時和淚開，他那裏修時和淚修，多管閣著筆尖兒未寫早淚先流，寄來的書淚點兒兀自有。我將這新痕把舊痕湮透。正是一重愁翻做兩重愁。

（旦念書科）『張珙百拜奉啓芳卿可人妝次：自暮秋拜違，倏爾半載。上賴祖宗之蔭，下托賢妻之德，舉中甲第。即日于招賢館寄迹，以伺聖旨御筆除授。惟恐夫人與賢妻憂念，特令琴童奉書馳報，庶幾免慮。小生身雖遥而心常邇矣，恨不得鶼鶼比翼，邛邛并軀。重功名而薄恩愛者，誠有淺見貪饕之罪。他日面會，自當請謝不備。後成一絶，以奉清照：

玉京仙府探花郎，寄語蒲東窈窕娘：指日拜恩衣晝錦，定須休作倚門妝。』

【幺篇】當日向西廂月底潛，今日向瓊林宴上摋。誰承望跳東墻脚步兒占了鰲頭，怎想道惜花心養成折桂手，脂粉叢裏包藏著錦綉！從今後晚妝樓改做了至公樓。

（旦云）你喫飯不曾？（僕云）上告夫人知道，早晨至今，空立廳前，那有飯喫。（旦云）紅娘，你快取飯與他喫。（僕云）感蒙賞賜，我每就此喫飯，夫人寫書。哥哥著小人索了夫人回書，至緊，至緊！（旦云）紅娘將筆硯來。（紅將來科）（旦云）書却寫了，無可表意，只有汗衫一領，裹肚一條，襪兒一雙，瑤琴一張，玉簪一枚，斑管一枝。琴童，你收拾得好者。紅娘

取銀十兩來，就與他盤纏。（紅娘云）姐夫得了官，豈無這幾件東西，寄與他有甚緣故？（旦云）你不知道。這汗衫兒呀，

【梧葉兒】他若是和衣卧，便是和我一處宿；但貼著他皮肉，不信不想我温柔。

（紅云）這裹肚要怎麽？（旦唱）

常則不要離了前後，守著他左右，緊緊的繫在心頭。

（紅云）這韈兒如何？（旦唱）

拘管他胡行亂走。

（紅云）這琴他那裏自有，又將去怎麽？（旦唱）

【後庭花】當日五言詩緊趁逐，後來因七弦琴成配偶。他怎肯冷落了詩中意，我則怕生疏了弦上手。

（紅云）玉簪呵，有甚主意？（旦唱）

我須有個緣由，他如今功名成就，則怕他撇人在腦背後。

（紅云）斑管要怎的？（旦唱）

湘江兩岸秋，當日娥皇因虞舜愁，今日鶯鶯爲君瑞憂。這九嶷山下竹，共香羅衫袖口——

【青哥兒】都一般啼痕湮透。似這等淚斑宛然依舊，萬古情緣一樣愁。涕淚交流，怨慕難收，對學士叮嚀説緣由，是必休忘舊！

（旦云）琴童，這東西收拾好者。（僕云）理會得。（旦唱）

【醋葫蘆】你逐宵野店上宿，休將包袱做枕頭，怕油脂膩展污了恐難酬。倘或水侵雨濕休便扭，我則怕乾時節熨不開褶皺。一樁樁一件件細收留。

【金菊花】書封雁足此時修，情繫人心早晚休。長安望來天際頭，倚遍西樓，人不見，水空流。

（僕云）小人拜辭，即便去也。（旦云）琴童，你見官人對他說。（僕云）說甚麼？（旦唱）

【浪裏來煞】他那裏爲我愁，我這裏因他瘦。臨行時啜賺人的巧舌頭，指歸期約定九月九，不覺的過了小春時候。到如今悔教夫婿覓封侯。

（僕云）得了回書，星夜回俺哥哥話去。（下）

○第二折

（末上云）晝虎未成君莫笑，安排牙爪始驚人。本是舉過便除，奉聖旨：著翰林院編修國史。他每那知我的心，甚麼文章做得成。使琴童遞佳音，不見回來。這幾日睡卧不寧，飲食少進，給假在驛亭中將息。早間太醫著人來看視，下藥去了。我這病盧扁也醫不得。自離了小姐，無一日心閑也呵！

【中呂】【粉蝶兒】從到京師，思量心旦夕如是，向心頭橫躺著俺那鶯兒。請醫師，看診罷，一星星說是。本意待推辭，則被他察虛實不須看視。

【醉春風】他道是醫雜證有方術，治相思無藥餌。鶯鶯呵，你若是知我害相思，我甘心兒死、死。四海無家，一身客寄，半年將至。

（僕上云）我則道哥哥除了，原來在驛亭中抱病，須索回書去咱。（見了科）（末云）你回來了也。

【迎仙客】疑怪這噪花枝靈鵲兒，垂簾幕喜蛛兒，正應著短檠上夜來燈爆時。若不是斷腸詞，決定是斷腸詩。

（僕云）小夫人有書至此。（末接科）

寫時管情淚如絲，既不呵，怎生淚點兒封皮上漬。

（末讀書科）『薄命妾崔氏拜覆，敬奉才郎君瑞文几：自音容去後，不覺許時，仰敬之心，未嘗少怠。縱云日近長安遠，何故鱗鴻之杳矣。莫因花柳之心，弃妾恩情之意？正念間，琴童至，得見翰墨，始知中科，使妾喜之如狂。郎之才望，亦不辱相國之家譜也。今因琴童回，無以奉貢，聊有瑤琴一張，玉簪一枚，斑管一枝，裹肚一條，汗衫一領，襪兒一雙，權表妾之真誠。匆匆草字欠恭，伏乞情恕不備。謹依來韵，遂繼一絶云：闌干倚遍盼才郎，莫戀宸京黄四娘；病裏得書知中甲，窗前覽鏡試新妝。』那風風流流的姐姐，似這等女子，張珙死也死得著了。

【上小樓】這的堪爲字史，當爲款識。有柳骨顏筋，張旭張顛，羲之獻之。此一時，彼一時，佳人才思，俺鶯鶯世間無二。

【幺篇】俺做經咒般持，符籙般使。高似金章，重似金帛，貴似金貲。這上面若簽個押字，使個令史，差個勾使，則是一張忙不及印赴期的咨示。

（末拿汗衫兒科）休説文章，則看他這針黹，人間少有。

【滿庭芳】怎不教張生愛爾，堪針工出色，女教爲師。幾千般用意針針是，可索尋思。長共短又没個樣子，窄和寬想像著腰肢，好共歹無人試。想當初做時，用煞那小心兒。

小姐寄來這幾件東西，都有緣故，一件件我都猜著。

【白鶴子】這琴，他教我閉門學禁指，留意譜聲詩，調養聖賢心，洗蕩巢由耳。

【二煞】這玉簪，纖長如竹筍，細白似葱枝，温潤有清香，瑩潔無瑕玼。

【三煞】這斑管，霜枝曾棲鳳凰，淚點漬胭脂，當時舜帝慟娥皇，今日淑女思君子。

【四煞】這裏肚，手中一葉綿，燈下幾回絲，表出腹中愁，果稱心間事。

【五煞】這鞋襪兒，針脚兒細似蟣子，絹帛兒膩似鵝脂，既知禮不胡行，願足下當如此。

琴童，你臨行小夫人對你説甚麽？（僕云）著哥哥休别繼良姻。（末云）

小姐，你尚然不知我的心哩。

【快活三】冷清清客店兒，風淅淅雨絲絲，雨兒零，風兒細，夢回時，多少傷心事。

【朝天子】四肢不能動止，急切裏盼不到蒲東寺。小夫人須是你見時，别有甚閑傳示？我是個浪子官人，風流學士，怎肯去帶殘花折舊枝。自從到此，甚的是閑街市。

【賀聖朝】少甚宰相人家，招婿的嬌姿。其間或有個人兒似爾，那裏取那温柔，這般才思？想鶯鶯意兒，怎不教人夢想眠思？

琴童，將這衣裳東西收拾好者。

【耍孩兒】則在書房中傾倒個藤箱子，向箱子裏面鋪幾張紙。放時節須索用心思，休教藤刺兒抓住綿絲。高擡在衣架上怕吹了顏色，亂穰在包袱中恐剉了褶兒。當如此，切須愛護，勿得因而。

【二煞】恰新婚，纔燕爾，爲功名來到此。長安憶念蒲東寺。昨宵愛春風桃李花開夜，今日愁秋雨梧桐葉落時。愁如是，身遥心邇，坐想行思。

【三煞】這天高地厚情，直到海枯石爛時，此時作念何時止？直到燭灰眼下纔無淚，蠶老心中罷却絲。我不比游蕩輕薄子，輕夫婦的琴瑟，拆鸞鳳的雄雌。

【四煞】不聞黃犬音，難傳紅葉詩，驛長不遇梅花使，孤身去國三千里，一日歸心十二時。凭欄視，聽江聲浩蕩，看山色參差。

【尾】憂則憂我在病中，喜則喜你來到此。投至得引人魂卓氏音書至，險將這害鬼病的相如盼望死。（下）

○第三折

（净扮鄭恒上開云）自家姓鄭名恒，字伯常。先人拜禮部尚書，不幸早喪。後數年，又喪母。先人在時，曾定下俺姑娘的女孩兒鶯鶯爲妻，不想姑夫亡化，鶯鶯孝服未滿，不曾成親。俺姑娘將著這靈櫬，引著鶯鶯，回博陵下葬，爲因路阻，不能得去。數月前寫書來唤我同扶柩去，因家中無人，來得遲了。我離京師，來到河中府，打聽得孫飛虎欲擄鶯鶯爲妻，得一個張君瑞退了賊兵，俺姑娘許了他。我如今到這裏，没這個消息，便好去見他；既有這個消息，我便撞將去呵，没意思。這一件事都在紅娘身上，我著人去唤他。則説『哥哥從京師來，不敢來見姑娘，著紅娘來下處來，有話去對姑娘行説去』。去的人好一會了，不見來。見姑娘和他有話説。（紅上云）鄭恒哥哥在下處，不來見夫人，却唤我説話。夫人著我來，看他説甚麽。（見净科）哥哥萬福！夫人道哥哥來到呵，怎麽不來家裏來？（净云）我有甚顏色見姑娘？我喚你來的緣故是怎生？當日姑夫在時，曾許下這門親事；我今番到這裏，姑夫孝已滿了，特地央及你去夫人行說知，揀一個吉日，了這件事，好和小姐一答裏下葬去。不爭不成合，一答裏路上難厮見。若說得肯呵，我重重的相謝你。（紅云）這一節話再也休題，鶯鶯已與了別人了也。（净云）道不得『一馬不跨雙鞍』，可怎生父在時曾許了我，父喪之後，母到悔親？這個道理那裏有？（紅云）却非如此說。當日孫飛虎將半萬賊兵來時，哥哥你在那裏？若不是那生呵，那裏得俺一家兒來？今日太平無事，却來爭親；倘被賊人擄去呵，哥哥如何去爭？（净云）與了一個富家，也不枉了，却與了這個窮酸餓醋。偏我不如他？我仁者能仁、身裏出身的根脚，又是親上做親，况兼他父命。（紅云）他到不如你，噤聲！

【越調】【鬥鵪鶉】賣弄你仁者能仁，倚仗你身裏出身；至如你官上加官，

也不合親上做親。又不曾執羔雁邀媒，獻幣帛問肯。恰洗了塵，便待要過門；枉腌了他金屋銀屏，枉污了他錦衾繡裀。

【紫花兒序】枉蠢了他梳雲掠月，枉羞了他惜玉憐香，枉村了他殢雨尤雲。當日三才始判，兩儀初分；乾坤：清者爲乾，濁者爲坤，人在中間相混。君瑞是君子清賢，鄭恒是小人濁民。

（净云）賊來，怎地他一個人退得？都是胡說！（紅云）我對你說。

【天净沙】看河橋飛虎將軍，叛蒲東擄掠人民，半萬賊屯合寺門，手横著霜刃，高叫道要鶯鶯做壓寨夫人。

（净云）半萬賊兵，他一個人濟甚麽事？（紅云）賊圍之甚迫，夫人慌了，和長老商議，拍手高叫：『兩廊不問僧俗，如退得賊兵的，便將鶯鶯與他爲妻。』忽有游客張生，應聲而前曰：『我有退兵之策，何不問我？』夫人大喜，就問：『其計何在？』生云：『我有一故人白馬將軍，見統十

萬之衆，鎮守蒲關。我修書一封，著人寄去，必來救我。』不想書至兵來，其困即解。

【小桃紅】洛陽才子善屬文，火急修書信。白馬將軍到時分，滅了烟塵。夫人小姐都心順，則爲他威而不猛，言而有信，因此上不敢慢於人。

（净云）我自來未嘗聞其名，知他會也不會。你這個小妮子，賣弄他偌多！（紅云）便又罵我，

【金蕉葉】他憑著講性理齊論魯論，作詞賦韓文柳文，他識道理爲人敬人，俺家裏有信行知恩報恩。

【調笑令】你值一分，他值百分，螢火焉能比月輪？高低遠近都休論，我拆白道字辯與你個清渾。

（净云）這小妮子省得甚麽拆白道字，你拆與我聽。（紅唱）

君瑞是個『肖』字這壁著個『立人』，你是個『木寸』『馬户』『尸巾』。

（净云）木寸、馬户、尸巾，你道我是個『村驢屌』。我祖代是相國之門，到不如你個白衣、餓夫、窮士！做官的則是做官。（紅唱）

【禿厮兒】他憑師友君子務本，你倚父兄仗勢欺人。虀鹽日月不嫌貧，治百姓新民，傳聞。

【聖藥王】這厮喬議論，有向順。你道是官人則合做官人，信口噴，不本分。你道窮民到老是窮民，却不道『將相出寒門』。

（净云）這椿事都是那長老禿驢弟子孩兒，我明日慢慢的和他説話。（紅唱）

【麻兒郎】他出家兒慈悲爲本，方便爲門。横死眼不識好人，招禍口不知分寸。

（净云）這是姑夫的遺留，我揀日牽羊擔酒上門去，看姑娘怎麽發落我。（紅唱）

【幺篇】訕觔，發村，使狠，甚的是軟款温存。硬打捱强爲眷姻，不睹事强諧秦晉。

（净云）姑娘若不肯，著二三十個伴當，擡上轎子，到下處脱了衣裳，趕將來還你一個婆娘。（紅唱）

【絡絲娘】你須是鄭相國嫡親的舍人，須不是孫飛虎家生的莽軍。喬嘴臉、腌軀老、死身分，少不得有家難奔。

（净云）兀的那小妮子，眼見得受了招安了也。我也不對你説，明日我要娶，我要娶。（紅云）不嫁你，不嫁你。

【收尾】佳人有意郎君俊，我待不喝采其實怎忍。

（净云）你喝一聲我聽。（紅笑云）你這般頽嘴臉，

則好偷韓壽下風頭香，傅何郎左壁廂粉。（下）

（净脱衣科云）這妮子擬定都和那酸丁演撤，我明日自上門去，見俺姑

娘，則做不知。我則道張生贅在衛尚書家，做了女婿。俺姑娘最聽是非，他自小又愛我，必有話説。休説别個，則這一套衣服也衝動他。自小京師同住，慣會尋章摘句，姑夫許我成親，誰敢將言相拒。我若放起刁來，且看鶯鶯那去？且將壓善欺良意，權作尤雲殢雨心。（下）（夫人上云）夜來鄭恒至，不來見我，唤紅娘去問親事。據我的心，則是與孩兒是；况兼相國在時已許下了，我便是違了先夫的言語。做我一個主家的不著，這厮每做下來。擬定則與鄭恒，他有言語，怪他不得也。料持下酒者，今日他敢來見我也。（净上云）來到也，不索報覆，自入去見夫人。（拜夫人哭科）（夫人云）孩兒，既來到這裏，怎麽不來見我？（净云）小孩兒有甚嘴臉來見姑娘！（夫人云）鶯鶯爲孫飛虎一節，等你不來，無可解危，許張生也。（净云）那個張生？敢便是狀元。我在京師看榜來，年紀有二十四五歲，洛陽張珙，誇官游街三日。第二日，頭答正來到衛

尚書家門首，尚書的小姐十八歲也，結著彩樓，在那御街上，則一球正打著他。我也騎著馬看，險些打著我。他家粗使梅香十餘人，把那張生横拖倒拽入去。他口叫道：『我自有妻，我是崔相國家女婿。』那尚書有權勢氣象，那裏聽，則管拖將入去了。這個却纔便是他本分，出於無奈。尚書說道：『我女奉聖旨結彩樓，你著崔小姐做次妻。他是先奸後娶的，不應娶他。』鬧動京師，因此認得他。（夫人怒云）我道這秀才不中擡舉，今日果然負了俺家。俺相國之家，世無與人做次妻之理。既然張生奉聖旨娶了妻，孩兒，你揀個吉日良辰，依著姑夫的言語，依舊入來做女婿者。（净云）倘或張生有言語，怎生？（夫人云）放著我哩，明日揀個吉日良辰，你便過門來。（下）（净云）中了我的計策了，准備筵席、茶禮、花紅，剋日過門者。（同下）（潔上云）老僧昨日買登科記看來，張生頭名狀元，授著河中府尹。誰想老夫人没主張，又許了鄭恒親事。老夫人不

肯去接，我將著肴饌，直至十里長亭接官走一遭。（下）（杜將軍上云）奉聖旨，著小官主兵蒲關，提調河中府事，上馬管軍，下馬管民。誰想君瑞兄弟一舉及第，正授河中府尹，不曾接得。眼見得在老夫人宅裏下，擬定乘此機會成親。小官牽羊擔酒，直至老夫人宅上，一來慶賀狀元，二來做主親，與兄弟成此大事。左右那裏？將馬來，到河中府走一遭。（下）

○第四折

（夫人上云）誰想張生負了俺家，去衛尚書家做女婿去，今日不負老相公遺言，還招鄭恒爲婿。今日好個日子，過門者，准備下筵席，鄭恒敢待來也。（末上云）小官奉聖旨，正授河中府尹。今日衣錦還鄉，小姐的金冠霞帔都將著，若見呵，雙手索送過去。誰想有今日也呵！文章舊冠乾坤内，姓字新聞日月邊。

【雙調】【新水令】玉鞭驕馬出皇都，暢風流玉堂人物。今朝三品職，昨日一寒儒。御筆親除，將名姓翰林注。

【駐馬聽】張珙如愚，酬志了三尺龍泉萬卷書；鶯鶯有福，穩請了五花官誥七香車。身榮難忘借僧居，愁來猶記題詩處。從應舉，夢魂兒不離了蒲東路。

（末云）接了馬者！（見夫人科）新狀元河中府尹婿張珙參見。（夫人云）

休拜，休拜，你是奉聖旨的女婿，我怎消受得你拜？（末唱）

【喬牌兒】我謹躬身問起居，夫人這慈色爲誰怒？我則見丫鬟使數都厮覷，莫不我身邊有甚事故？

（末云）小生去時，夫人親自餞行，喜不自勝。今日中選得官，夫人反行不悅，何也？（夫人云）你如今那裏想著俺家？道不得個『靡不有初，鮮克有終』。我一個女孩兒，雖然妝殘貌陋，他父爲前朝相國。若非賊來，足下甚氣力到得俺家？今日一旦置之度外，却於衛尚書家作婿，豈有是理！（末云）夫人聽誰說？若有此事，天不蓋，地不載，害老大小疔瘡！

【雁兒落】若說著《絲鞭仕女圖》，端的是塞滿章臺路。小生呵此間懷舊恩，怎肯別處尋親去？

【得勝令】豈不聞『君子斷其初』，我怎肯忘得有恩處？那一個賊畜生行嫉妒；走將來老夫人行斷間阻？不能勾嬌姝，早共晚施心數；說來的無徒，遲和疾上木驢。

（夫人云）是鄭恒說來，綉球兒打著馬了，做女婿也。你不信呵，喚紅娘來問。（紅上云）我巴不得見他，元來得官回來。慚愧，這是非對著也。（末背問云）紅娘，小姐好麽？（紅云）爲你別做了女婿，俺小姐依舊嫁了鄭恒也。（末云）有這般蹺蹊的事！

【慶東原】那裏有糞堆上長出連枝樹，淤泥中生出比目魚？不明白展污了姻緣簿？鶯鶯呵，你嫁個油炸猢猻的丈夫；紅娘呵，你伏侍個烟薰猫兒的姐夫；張生呵，你撞著個水浸老鼠的姨夫。這厮壞了風俗，傷了時務。（紅唱）

【喬木查】妾前來拜覆，省可裏心頭怒！間別來安樂否？你那新夫人何處居？比俺姐姐是何如？

（末云）和你也葫蘆提了也。小生爲小姐受過的苦，諸人不知，瞞不得你。不甫能成親，焉有是理？

【攪箏琶】小生若求了媳婦，則目下便身殂。怎肯忘得待月迴廊，難撇下吹簫伴侶。受了些活地獄，下了些死工夫。不甫能得做妻夫，現將著夫人誥敕，縣君名稱，怎生待歡天喜地，兩隻手兒分付與。你剗地倒把人贓誣。

（紅對夫人云）我道張生不是這般人，則喚小姐出來自問他。（叫旦科）姐姐快來問張生，我不信他直恁般薄情。我見他呵，怒氣冲天，實有緣故。（旦見末科）（末云）小姐間別無恙？（旦云）先生萬福！（紅云）姐姐有的言語，和他說破。（旦長吁云）待說甚麽的是！

【沉醉東風】不見時准備著千言萬語，得相逢都變做短嘆長吁。他急攘攘却纔來，我羞答答怎生覷。將腹中愁恰待伸訴，及至相逢一句也無。則道個『先生萬福』。

(旦云)張生，俺家何負足下？足下見弃妾身，去衛尚書家爲婿，此理安在？(末云)誰說來？(旦云)鄭恒在夫人行說來。(末云)小姐如何聽這厮？張珙之心，惟天可表！

【落梅風】從離了蒲東路，來到京兆府，見個佳人世不曾回顧。硬揣個衛尚書家女孩兒爲了眷屬，曾見他影兒的也教滅門絶户。

(末云)這一椿事都在紅娘身上，我則將言語傍著他，看他說甚麽。紅娘，我問人來，說道你與小姐將簡帖兒去喚鄭恒來。(紅云)痴人，我不合與你作成，你便看得我一般了。(紅唱)

【甜水令】君瑞先生，不索躊躇，何須憂慮。那厮本意糊突；俺家世清白，祖宗賢良，相國名譽。我怎肯他根前寄簡傳書？

【折桂令】那喫敲才怕不口裏嚼蛆，那厮待數黑論黄，惡紫奪朱。俺姐姐更做道軟弱囊揣，怎嫁那不值錢人樣猳駒。你個東君索與鶯鶯做主，怎肯將嫩枝柯折與樵夫，那厮本意囂虚，將足下虧圖，有口難言，氣夯破胸脯。

(紅云)張生，你若端的不曾做女婿呵，我去夫人根前一力保你。等那厮來，你和他兩個對證。(紅見夫人云)張生并不曾人家做女婿，都是鄭恒謊，等他兩個對證。(夫人云)既然他不曾呵，等鄭恒那厮來對證了呵，再做說話。(潔上云)誰想張生一舉成名，得了河中府尹，老僧一徑到夫人那裏慶賀。這門親事，幾時成就？當初也有老僧來，老夫人没主張，便待要與鄭恒。若與了他，今日張生來却怎生？(潔見末叙寒温科)(對夫人云)夫人，今日却知老僧說的是，張生决不是那一等没行止的秀才。他如何敢忘了夫人，况兼杜將軍是證見，如何悔得他這親事？(旦云)張生，此一事必得杜將軍來方可。

【雁兒落】他曾笑孫龐真下愚，若是論賈馬非英物；正授著征西元帥府，兼領著陝右河中路。

【得勝令】是咱前者護身符，今日有權術。來時節定把先生助，決將賊子誅。他不識親疏，啜賺良人婦；你不辨賢愚，無毒不丈夫。

（夫人云）著小姐去卧房裏去者。（旦、紅下）（杜將軍上云）下官離了蒲關，到普救寺。第一來慶賀兄弟咱，第二來就與兄弟成就了這親事。（末對將軍云）小弟托兄長虎威，得中一舉。今者回來，本待做親，有夫人的侄兒鄭恒，來夫人行說，道你兄弟在衛尚書家作贅了。夫人怒欲悔親，依舊要將鶯鶯與鄭恒，焉有此理？道不得個『烈女不更二夫』。（將軍云）此事夫人差矣。君瑞也是禮部尚書之子，況兼又得一舉。夫人世不招白衣秀士，今日反欲罷親，莫非理上不順？（夫人云）當初夫主在時，曾許下這廝，不想遇此一難，虧張生請將軍來殺退賊衆。老身不負前言，欲招他爲婿；不想鄭恒說道，他在衛尚書家做了女婿也，因此上我怒他，依舊許了鄭恒。（將軍云）他是賊心，可知道誹謗他。老夫人如何便信得他？（浄上云）打扮得整整齊齊的，則等做女婿。今日好日頭，牽羊擔酒過門走一遭。（末云）鄭恒，你來怎麼？（浄云）苦也！聞知狀元回，特來賀喜。（將軍云）你這廝怎麼要誆騙良人的妻子，行不仁之事，我根前有甚麼話說？我奏聞朝廷，誅此賊子。（末唱）

【落梅風】你硬撞入桃源路，不言個誰是主，被東君把你個蜜蜂兒攔住。不信呵去那綠楊影裏聽杜宇，一聲聲道『不如歸去』。

（將軍云）那廝若不去呵，祗候拿下。（浄云）不必拿，小人自退親事與張生罷。（夫人云）相公息怒，趕出去便罷。（浄云）罷罷！要這性命怎麼，不如觸樹身死。妻子空爭不到頭，風流自古戀風流；三寸氣在千般用，一日無常萬事休。（浄倒科）（夫人云）俺不曾逼死他，我是他親姑娘，他

又無父母，我做主葬了者。著喚鶯鶯出來，今日做個慶喜的茶飯，著他兩口兒成合者。（旦、紅上，末、旦拜科）（末唱）

【沽美酒】門迎著駟馬車，戶列著八椒圖，娶了個四德三從宰相女，平生願足，托賴著衆親故。

【太平令】若不是大恩人拔刀相助，怎能勾好夫妻似水如魚。得意也當時題柱，正酬了今生夫婦。自古、相女、配夫，新狀元花生滿路。（使臣上科）（末唱）

【錦上花】四海無虞，皆稱臣庶；諸國來朝，萬歲山呼；行邁羲軒，德過舜禹；聖策神機，仁文義武。朝中宰相賢，天下庶民富；萬里河清，五穀成熟；戶戶安居，處處樂土；鳳凰來儀，麒麟屢出。

【清江引】謝當今盛明唐聖主，敕賜爲夫婦。永老無別離，萬古常完聚，願普天下有情的都成了眷屬。

【隨尾】則因月底聯詩句，成就了怨女曠夫。顯得有志的狀元能，無情的鄭恒苦。（下）

題目　小琴童傳捷報　崔鶯鶯寄汗衫

正名　鄭伯常干捨命　張君瑞慶團圞

總目　張君瑞要做東床婿
法本師住持南贍地
老夫人開宴北堂春
崔鶯鶯待月西廂記

西廂記五劇第五終

附錄一　元稹會真記

唐貞元中，有張生者，性温茂，美丰容，内秉堅孤，非禮不可入。或朋從遊宴，擾雜其間，他人皆洶洶拳拳，若將不及；張生容順而已，終不能亂。以是年二十二，未嘗近女色。知者詰之。謝而言曰：『登徒子非好色者，是有淫行耳。余真好色者，而適不我值。何以言之？大凡物之尤者，未嘗不留連於心，是知其非忘情者也。』詰者哂之。

無幾何，張生遊於蒲。蒲之東十餘里，有僧舍，曰普救寺，張生寓焉。適有崔氏孀婦，將歸長安，路出於蒲，亦止兹寺。

崔氏婦，鄭女也；張出於鄭，緒其親，乃异派之從母。是歲，渾瑊薨於蒲。有中人丁文雅不善於軍；軍人因喪而擾，大掠蒲人。崔氏之家，財産甚厚，多奴僕，旅寓惶駭，不知所托。先是，張與蒲將之黨有善，請吏護之，遂不及於難。十餘日，廉使杜確，將天子命以統戎節，令於軍，軍由是戢。鄭厚張之德甚，因飭饌以命張，中堂宴之。復謂張曰：『姨之孤嫠未亡，提携幼稚，不幸屬師徒大潰，實不保其身。弱子幼女，猶君之生。豈可比常恩哉！今俾以仁兄禮奉見，冀所以報恩也。』命其子曰歡郎，可十餘歲，容甚温美。次命女曰鶯鶯：『出拜爾兄，爾兄活爾。』久之，辭疾。鄭怒曰：『張兄保爾之命，不然，爾且虜矣，能復遠嫌乎？』又久之，乃至。常服悴容，不加新飾，垂鬟接黛，雙臉銷紅而已。顔色艷异，光輝動人。張驚，爲之禮。因坐鄭旁，以鄭之抑而見也，凝睇怨絶，若不勝其體者。問其年紀。鄭曰：『今天子甲子歲之七月，終今貞元庚辰，生年十七矣。』張生稍以辭導之，不對，終席而罷。張自是惑之，願致其情，無由得也。

崔之婢曰紅娘，生私爲之禮者數四，乘間遂道其衷。婢果驚沮，愧然而奔，張生悔之。翼日婢復至。張生乃羞而謝之，不復云所求矣。婢因謂張曰：『郎之言所不敢言，亦不敢洩。然而崔之姻族，君所詳也，何不因其德而求娶焉？』張曰：『予始自孩提，性不苟合，或時紈綺閑居，曾莫留盼。不謂當年，終有所蔽。昨日一席間，幾不自持；數日來，行忘止，食忘飽，恐不能逾旦暮。若因媒氏而娶，納采問名，則三數月間，索我於枯魚之肆矣。爾其謂我何？』婢曰：『崔之貞順自保，雖所尊，不可以非語犯之；下人之謀，固難入矣。然而善屬文，往往沈吟章句，怨慕者久之。君試爲喻情詩以亂之；不然，則無由也。』張大喜，立綴《春詞》二首以授之。

是夕，紅娘復至，持彩箋以授張曰：『崔所命也。』題其篇曰《明月三五夜》。其詞曰：『待月西廂下，迎風户半開；拂墻花影動，疑是玉人來。』張亦微喻其旨。是夕歲二月旬有四日矣。崔之東墻，有杏花一樹，攀援可逾。既望之夕，張因梯其樹而逾焉；達於西廂，則户果半開矣。紅娘寢於床，生因驚之。紅娘駭曰：『郎何以至此？』張因紿之曰：『崔氏之箋召我矣。爾爲我告之。』無幾，紅娘復來，連曰：『至矣！至矣！』張生且喜且駭，必謂獲濟。及崔至，則端服儼容，大數張曰：『兄之恩，活我之家，厚矣。是以慈母以幼子弱女見托。奈何因不令之婢，致淫泆之詞，始以護人之亂爲義，而終掠亂以求之；是以亂易亂，其去幾何！誠欲寢其辭，則保人之奸，不義；明之於母，則背人之惠，不祥；將寄於婢僕，又懼不得發其真誠。是以用托短章，願自陳啓；猶懼兄之見難，是用鄙靡之辭，以求其必至。非禮之動，能不愧心；特願以禮自持，無及於亂！』言畢，翻然而逝。張自失者久之，復逾而出，於是絶望。

數夕，張生臨軒獨寢，忽有人覺之。驚駭而起，則見紅娘斂衾携枕而至。撫張曰：『至矣！至矣！睡何爲哉？』遂設衾枕而去。張生拭目危坐，久之，猶疑夢寐，然而修謹以俟。俄而紅娘捧崔氏而至，至則嬌羞融冶，力不能運肢體，曩時端莊，不復同矣。是夕旬有八日也，斜月晶瑩，幽輝半床。張生飄飄然且疑神仙之徒，不謂從人間至矣。有頃，寺鐘鳴，天將曉，紅娘促去。崔氏嬌啼宛轉，紅娘又捧之而去，終夕無一言。張生辨色而興，自疑曰：『豈其夢邪？』及明，睹妝在臂，香在衣，淚光熒熒然，猶瑩於裀席而已。

是後又十餘日，杳不復知。張生賦《會真》詩三十韻，未畢，而紅娘適至，因授之以貽崔氏。自是復容之。朝隱而出，暮隱而入，同安於曩所謂西廂者幾一月矣。張生常詰鄭氏之情，則曰：『知不可奈何矣，因欲就成之。』無何，張生將之長安，先以情諭之。崔氏宛無難辭，然而愁怨之容動人矣。將行之再夕，不復可見，而張生遂西。

不數月，復遊於蒲，舍於崔氏者又累月。崔氏甚工刀札，善屬文。求索再三，終不可見。張氏往往自以文挑之，亦不甚觀覽。大略崔之出人者，藝必窮極，而貌若不知；言則敏辯，而寡於酬對；待張之意甚厚，然未嘗以詞繼之。時愁艷幽邃，恒若不識；喜愠之容，亦罕形見。异時獨夜操琴，愁弄凄惻，張竊聽之；求之，則終不復鼓矣。以是愈惑之。

張生俄以文調及期，又當西去。當去之夕，不復自言其情，愁嘆於崔氏之側。崔已陰知將訣矣，恭貌怡聲，徐謂張曰：『始亂之，終弃之，固其宜矣。愚不敢恨。必也君亂之，君終之，君之惠也；則没身之誓，其有終矣，又何必深憾於此行！然而君既不懌，無以奉寧。君嘗謂我善鼓琴，向時羞顔所不能及；今且往矣，既君此誠。』因命拂琴，鼓《霓裳羽衣》序。不數聲，哀音怨亂，不復知其是曲也。左右皆歔欷。崔亦遽止之，投琴擁面，泣下流連。趨歸鄭所，遂不復至。明旦而張行。

明年，文戰不勝，遂止於京。因貽書於崔，以廣其意。崔氏緘報之辭，粗載於此。曰：『捧覽來問，撫愛過深。兒女之情，悲喜交集。兼惠花勝一合、口脂五寸，致耀首膏脣之飾。雖荷殊恩，誰復爲容？睹物增懷，但積悲嘆耳！伏承便於京中就業，進修之道，固在便安；但恨僻陋之人，永以遐弃，命也如此，知復何言！自去秋以來，常忽忽如有所失，於喧嘩之下，或勉爲笑語；閑宵自處，無不淚零。乃至夢寐之間，亦多叙感咽離憂之思。綢繆繾綣，暫若尋常；幽會未終，驚魂已斷。雖半衾如暖，而思之甚遥。一昨拜辭，倏逾舊歲。長安行樂之地，觸緒牽情，何幸不忘幽微，眷念無斁。鄙薄之志，無以奉酬。至於終始之盟，則固不忒。鄙昔中表相因，或同宴處。婢僕見誘，遂致私誠；兒女之情，不能自固。君子有援琴之挑，鄙人無投梭之拒。及薦枕席，義盛意深，愚幼之心，永謂終托。豈期既見君子，不能以禮定情；致有自獻之羞，不復明侍巾櫛。没身永恨，含嘆何言！倘仁人用心，俯遂幽劣；雖死之日，猶生之年。如或達士略情，捨小從大，以先配爲醜行，謂要盟爲可欺。則當骨化形銷，丹誠不泯；因風委露，猶托清塵。存没之情，言盡於此；臨紙嗚咽，情不能申。千萬珍重！珍重千萬！玉環一枚，是兒嬰年所弄，寄充君子下體之佩。玉取其堅潔不渝，環取其終始不絶。兼致彩絲一絇，文竹茶碾子一枚。此數物不足見珍，意者欲君子如玉之貞，俾志如環不解；淚痕在竹，愁緒縈絲，因物達誠，永以爲好耳。心邇身遐，拜會無期。幽憤所鍾，千里神合。千萬珍重！春風多厲，彊飯爲佳。慎言自保，無以鄙爲深念。』張生發其書於所知，由是時人多聞之。

所善楊巨源好屬詞，因爲賦《崔娘詩》一絶云：

清潤潘郎玉不如，中庭蕙草雪消初。
風流才子多春思，腸斷蕭娘一紙書。

河南元稹亦續生《會真詩》三十韵曰：

微月透簾櫳，螢光度碧空。遥天初縹緲，低樹漸葱籠。
龍吹過庭竹，鸞歌拂井桐。羅綃垂薄霧，環珮響輕風。
絳節隨金母，雲心捧玉童。更深人悄悄，晨會雨濛濛。
珠瑩光文履，花明隱綉襱。瑶釵行彩鳳，羅帔掩丹虹。
言自瑶華圃，將朝碧玉宫。因遊洛城北，偶向宋家東。
戲調初微拒，柔情已暗通。低鬟蟬影動，迴步玉塵蒙。
轉面流花雪，登床抱綺叢。鴛鴦交頸舞，翡翠合歡籠。
眉黛羞頻聚，唇朱暖更融。氣清蘭蕊馥，膚潤玉肌豐。
無力慵移腕，多嬌愛斂躬。汗光珠點點，髮亂緑鬆鬆。
方喜千年會，俄聞五夜窮。留連時有限，繾綣意難終。
慢臉含愁態，芳辭誓素衷。贈環明遇合，留結表心同。
啼粉流清鏡，殘燈繞暗蟲。華光猶冉冉，旭日漸曈曈。
乘鶩還歸洛，吹簫亦上嵩。衣香猶染麝，枕膩尚殘紅。
幕幕臨塘草，飄飄思渚蓬。素琴鳴怨鶴，清漢望歸鴻。
海闊誠難度，天高不易沖。行雲無處所，蕭史在樓中。

張之友聞之者，莫不聳异之，然而張之志，固絶之矣。稹特與張厚，因徵其辭。張曰：『大凡天之所命尤物也，不妖其身，必妖於人。使崔氏子遇合富貴，乘嬌寵，不爲雲爲雨，則爲蛟爲螭，吾不知其變化矣。昔殷之辛，周之幽，據萬乘之國，其勢甚厚；然而一女子敗之，潰其衆，屠其身，至今爲天下僇笑。予之德不足以勝妖孽，是用忍情。』於時坐者皆爲深嘆。

後歲餘，崔已委身於人，張亦有所娶。適經所居，乃因其夫言於崔，求以外兄見。夫語之，而崔終不爲出；張怨念之誠，動於顔色。崔知之，潛賦一章，詞曰：

自從消瘦減容光，萬轉千迴懶下床。
不爲旁人羞不起，爲郎憔悴却羞郎。

竟不之見。

後數日，張生將行，又賦一章以謝絶云：

弃置今何道，當時且自親。
還將舊來意，憐取眼前人。

自是，絶不復知矣。

時人多許張爲善補過者。予嘗於朋會之中，往往及此意者：夫使知之者不爲，爲之者不惑。貞元歲九月，執事李公垂宿於余靖安里第，語及於是。公垂卓然稱异，遂爲《鶯鶯歌》以傳之。崔氏小名鶯鶯，公垂以名篇。

附錄二 西廂記考據

《會真記》『隔墻花影動，疑是玉人來』，本於李益『開門風動竹，疑是故人來』。然《古樂府》『風吹窗簾動，疑是所歡來』，其詞乃齊梁人話，又在益先矣。

——尤袤《全唐詩話》。載顧玄緯《會真記雜録》卷四。按《全唐詩話》無此一條，不知玄緯何所據，羅懋登本亦因之，或即從顧本出也。夢鳳識。

《石林詩話》謂：『開簾風動竹，疑是故人來』與『徘徊花上月，空度可憐宵』，此兩句雖小説，實佳句。僕謂上聯在《李君虞集》中。此即古詞『風吹窗簾動，疑是所歡來』之意。梁費昶亦曰：『簾動意君來。』

柳惲曰：『颯颯秋桂響，非君趁夜來。』《麗情集》曰：『待月西廂下，迎風户半開。隔墻花影動，疑是玉人來。』齊謝朓《懷故人詩》：『離居方歲月，故人不在兹。清風動簾夜，明月照窗時。』皆一意也。

——王楙《野客叢書》

近時北詞以《西廂記》爲首，俗傳作於關漢卿，或以爲漢卿不竟其詞，王實甫足之。余閲《録鬼簿》，乃王實甫作，非漢卿也。實甫，元大都人，所編傳奇有《芙蓉亭》、《雙蕖怨》等，與《西廂記》，凡十種。然惟《西廂》盛行於時。

——都穆《南濠詩話》

曲者，詞之變。自金元入中國，所用胡樂，嘈雜淒緊，緩急之間，詞不能按，乃更爲新聲以媚之。而諸君如貫酸齋、馬東籬、王實甫、關漢卿、張可久、喬夢符、鄭德輝、宮大用輩，咸富有才情，兼善聲律，以故遂擅一代之長，所謂宋詞元曲，殆不虚也。但大江以北漸染胡語，時時採入，而沈約四聲遂闕其一。東南之士未盡顧曲之周郎，逢掖之間又稀辨撾之王應。稍稍復變新體，號爲南曲。高拭則成遂掩前後，大抵北主勁切雄麗，南主清峭柔遠，雖本才情，務諧俚俗。譬之同一師承，而頓漸分教；俱爲國臣，而文武异科。今談曲者往往合而舉之，良可笑也。

——王世貞《藝苑卮言》

《西厢》久傳爲關漢卿撰，邇來乃有以爲王實甫者，謂至『郵亭夢』而止；又云至『碧雲天，黃花地』而止，此後乃漢卿所補也。初以爲好事者傳之妄。及閲《太和正音譜》，王實甫十三本以《西厢》爲首，漢卿六十一本不載《西厢》，則亦可據。第漢卿所補商調《集賢賓》及《掛金索》，『裙染榴花，睡損胭脂皺；紐結丁香，掩過芙蓉扣；綫脱珍珠，淚濕香羅袖；楊柳眉顰，人比黃花瘦』，俊語亦不減前。

——王世貞《曲藻》

北曲故當以《西厢》壓卷。如曲中語：『雪浪拍長空，天際秋雲捲；竹索纜浮橋，水上蒼龍偃』、『東風摇曳垂楊綫，遊絲牽惹桃花片，珠簾掩映芙蓉面』、『滋洛陽千種花，潤梁園萬頃田』、『法鼓金鐸，二月春雷響殿角；鐘聲佛號，半天風雨灑松梢』、『不近喧嘩，嫩緑池塘藏睡鴨；自然幽雅，淡黃楊柳帶栖鴉』，是駢儷中景語。『手掌兒裏奇擎，心坎兒裏温存，眼皮兒上供養』、『哭聲兒似鶯囀喬林，淚珠兒似露滴花梢』、『繫春心情短柳絲長，隔花陰人遠天涯近。香消了六朝金粉，清減了三楚精神』、『玉容寂寞梨花朵，胭脂淺淡櫻桃顆』，是駢儷中情語。『他做了影兒裏情郎，我做了畫兒裏愛寵』、『拄著拐幫閑鑽懶，縫合唇送暖偷寒』、『昨夜個熱臉兒對面搶白，今日個冷句兒將人斷侵』、『半推半就，又驚又愛』，是駢儷中諢語。『落紅滿地胭脂冷，夢裏成雙覺後單』，是單語中佳語。只此數條，他傳奇中不能及。

——王世貞《曲藻》

今王實甫《西厢記》爲傳奇冠，北人以並司馬子長，固可笑，不妨作詞曲中思王、太白也。關漢卿自有《城南柳》、《緋衣夢》、《竇娥冤》諸雜劇，聲調絶與『鄭恒問答』語類，『郵亭夢』後或當是其所補；雖字字本色，藻麗神俊，大不及王。然元世習尚頗殊，所推關下即鄭，何元朗亟稱第一。今《倩女離魂》四摺大概與關出入，豈元人以此當行耶？要之公論百年後定，若顧、陸之畫耳。

——胡應麟《少室山房筆叢·莊嶽委談下》

古今之聲容色澤以姝麗稱者，豈特一崔氏哉！而崔、張之事盛傳於世，得非以爲之記者，其詞艷而富也。《崔記》俑於元微之，宋王銍、趙德麟輩捆織之，以爲其事出於微之托張以自況，旁引曲證，遂成讞獄，此亦足償其志淫之罪。金有董解元者，演爲傳奇，然不甚著。至元王實甫，始以綉腸創爲艷詞，而《西厢記》始膾炙人口。然皆以爲關漢卿，而不知有實甫。關漢卿仕於金，金亡，不肯仕元，其節甚高。蓋《西厢記》自『草橋驚夢』以前作於實甫，而其後則漢卿續成之者也。夫世之姝麗不獨一崔氏，而獨以其記；《傳記》作於王實甫不傳，而關漢卿以名傳；關漢卿以文掩其節，而獨以此《記》傳；元微之作《崔張記》，遂身蒙其垢，而其《記》亦傳。嗚呼！天下事有若此，余睹之，竊有感焉，故爲之一刷之。

——徐逢吉《重刻元本西厢記序》

《西厢》風之遺也，《琵琶》雅之遺也。《西厢》似李，《琵琶》似杜，二家無大軒輊。然《琵琶》工處可指，《西厢》無所不工。《琵琶》宫調不倫，平仄多舛，《西厢》繩削甚嚴，旗色不亂。《琵琶》之妙以情以理，《西厢》之妙以神以韵……

——王驥德評語十六則。載《校注古本西厢記考》

文章自正體四六外，有詩、賦、歌、行、律、絶諸體，曲特一賸技耳。然人不數作，作亦不數工，其描寫神情不露斧斤筆墨痕，莫如《西厢記》。以君瑞之俊俏，割不下崔氏女；以鶯鶯之嬌媚，令獨鍾一張生。第琴可挑，簡可傳，圍可解，隔墻之花未通也，迎風之户徒開也，叙其所以遇合甚有奇致焉。若不會描寫，則鶯鶯一宣淫婦人耳，君瑞一放蕩俗子耳。其於崔、張佳趣不望若河、漢哉！余嘗取而讀之，其文反反覆覆，重重叠叠，見精神而不見文字，即所謂『千古第一神物』，亶其然乎，間以膚意評題之，期與好事者同賞鑒，曰可與水月景色天然妙致也。

——陳繼儒《批評音釋西厢記序》

（選自《暖紅室本西厢記考據》）

文華叢書

《文華叢書》是廣陵書社歷時多年精心打造的一套綫裝小型開本國學經典。選目均爲中國傳統文化之經典著作，如《唐詩三百首》《宋詞三百首》《古文觀止》《四書章句》《六祖壇經》《山海經》《天工開物》《歷代家訓》《納蘭詞》《紅樓夢詩詞聯賦》等，均爲家喻户曉、百讀不厭的名作。裝幀採用中國傳統的宣紙、綫裝形式，古色古香，樸素典雅，富有民族特色和文化品位。精選底本，精心編校，字體秀麗，版式疏朗，價格適中。經典名著與古典裝幀珠聯璧合，相得益彰，贏得了越來越多讀者的喜愛。現附列書目，以便讀者諸君選購。

文華叢書

書目

一

文華叢書書目

人間詞話（套色）（二册）
三字經·百家姓·千字文·弟子規（外二種）（二册）
三曹詩選（二册）
千家詩（二册）
小窗幽記（二册）
山海經（插圖本）（三册）
元曲三百首（二册）
元曲三百首（插圖本）（二册）
六祖壇經（二册）
天工開物（插圖本）（四册）
王維詩集（二册）
文心雕龍（二册）
文房四譜（二册）
片玉詞（套色、注評、插圖）（二册）
世説新語（二册）
古文觀止（四册）
古詩源（三册）
四書章句（大學、中庸、論語、孟子）（二册）
史記菁華録（三册）
史略·子略（三册）
白居易詩選（二册）
老子·莊子（三册）
列子（二册）
西厢記（插圖本）（二册）
宋詞三百首（二册）
宋詞三百首（套色、插圖本）（二册）
宋詩舉要（三册）
李白詩選（簡注）（二册）
李商隱詩選（二册）
李清照集·附朱淑真詞（二册）
杜甫詩選（簡注）（二册）
杜牧詩選（二册）

文華叢書

書目 二